浜町様 捕物帳2

生き人形

牧 秀彦

時代小説
二見時代小説文庫

浜町様（はまちょうさま）捕物帳2――生き人形

目　次

序章　謎を解く大殿

一

「ふむ……。確かに伸びておるな」

太い指で黒髪を撫でてやりながら、その男はつぶやいた。

月代の剃り跡が青々とした、濃い顔立ちの青年武士である。

羽織袴を常着とした上で、脇差を帯びているのは士分の証し。

簞笥の前に立ったまま手にしていたのは、つぶらな瞳の市松人形だった。

着せ替えをして遊ぶ、幼い子どもを模した人形の歴史は古い。

室町の昔には公家の子女のために造られたのが庶民に広まり、宝暦から享保の頃に歌舞伎芝居で人気を博した佐野川市松の美貌にあやかり、市松人形と呼ばれるようになったという。

男が抱いた人形は、五歳ぐらいの女の子を象ったもの。

胴体と手足を別々に拵えて繋ぎ合わせ、頭に毛を植えた上で義眼が嵌めてある。

乳飲み子から成長し、丸刈りにしていた髪を伸ばしかけの愛らしい姿だが、それにしても長すぎる。本来はおかっぱ頭のはずなのに、肩に届くほど伸びていた。

持ち主の話によると、買い求めたときは普通だったとのことだった。

「まったく気味が悪いったらありゃしません。文句を言って引き取らせようにも持ち込んできたのが担ぎ売りの兄さんじゃ行方も分からなくって、ほんとに困ってたんですよう」

甘えた声で訴えかける女は、洗い髪の中年増。

湯屋帰りの浴衣姿で長火鉢の前に横座りし、煙管をくゆらせている。

「安物買いの銭失いとはよく言ったもんですねぇ、お武家様。あたしゃ深川で左褄を取ってた頃からしまり屋で通してきましたけど、今度ばっかりは参りましたよ。替えの着物が付いてくるなら縫う手間も省けると思って飛びついたせいで、とんだ厄介物を掴まされちまって……」

襟元をわざと拡げたまま紫煙を漂わせ、向けてくる視線は艶っぽい。

しかし人形を簞笥の上に戻した男は一顧だにせず、懐から取り出した帳面に何やら書き付けるばかりだった。

「ねぇお武家様、こちらで一服おつけなさいな」

「いや、結構だ」

色っぽく誘われても意に介さず、男は筆を走らせる。

矢立の筒に筆を収め、帳面を閉じたのは女が五服目を吸っている最中であった。

「も、もうお帰りですか？」

「雑作をかけたな」

咳き込みながら呼びかけるのに礼を述べ、踵を返す。

「お、お待ちくださいまし」

慌てて女は煙管を差し伸べる。

袖口に引っ掛けようとした雁首をかわしざま、男は無言で向き直る。

大きな体に似合わない、敏捷な動きだった。

「何用か。無礼をいたさば許さぬぞ」

問いかける声は低く、凄まずとも貫禄十分。

気圧されながらも女は言った。

「そのお化け人形、まさか置いて行きなさるんですか」

「当たり前だ。おぬしが購うた以上、大事にしてやらずに何とするか」

「冗談じゃありません。あたしゃ引き取ってもらえると思ったから、恥を忍んで包み隠さずお話し申し上げたんですよ」

「話してくれたことには礼を言うが、押し付けられては迷惑だ」

「迷惑してるのはあたしのほうですよう。旦那は気味悪がって寄り付かないし、このままじゃお払い箱にされちまうじゃありませんか」

勝手な理屈を並べ立てつつ、女は簞笥に駆け寄った。

「さ！　お持ちになって、ご存分にお調べなさいまし」

「調べならば済ませたばかりだ」

「だったらお祓いかお焚き上げをして、成仏させてやってくださいな。お武家様なら首を刎ねて成敗することだってできなさるんでしょう」

「馬鹿も休み休み申すがよい。人形は仇や罪人ではないのだぞ」

「さもないと大声を出しますよ。婆やが居ない隙にお武家様が上がり込み、あたしに無体をしなすったって言いふらされてもいいんですか」

「うぬっ、俺を脅す所存か」

「そのぐらい困ってるってことですよ。四の五の言わずに持って帰ってください」

人形を突き付ける女の態度は、あくまで強気。

これ以上、声を張り上げられては冗談では済まなくなることだろう。

「ううむ、致し方あるまい……」

溜め息を吐きながら、男は人形を受け取った。

「お頼みしますよ、お武家様」

「待て待て、風呂敷か何か寄越さぬか」

「お断りですよ。あたしはしまり屋だって、さっきも申し上げたじゃないですか」

有無を言わせず廊下に追い出し、女はぴしゃりと障子を閉める。

止むを得ず、男は懐から六尺手ぬぐいを引っ張り出した。

「汗で湿っておるが勘弁いたせ」

小声で語りかけながら人形に覆いを掛け、ぎこちなく胸に抱く。

去り行く男の身の丈は、優に六尺（約一八〇センチ）を超えていた。

文字どおり六尺豊かな上に、手足も長い。

将軍家のお膝元で武士が多く暮らす江戸にも、これほどの大男は滅多に居ない。

それでいて、差料は定寸よりも短い造りであった。

鞘に納められた刀身は、見たところ二尺二寸（約六六センチ）。

鮫の皮で包んだ上から漆を掛けた、堅牢そうな鞘である。

柄の菱巻は燻した鹿革製。下には鞘と同じく鮫皮が巻かれ、黒く漆が塗られているのが菱の形をした隙間から見て取れる。

肥後熊本で五十四万石を治める細川家に伝来の、肥後拵と呼ばれる刀装だった。


目に見えぬ何かが神仏の像や人形などに宿り、生きているかの如き現象を起こす話は洋の東西を問わず語られ、日の本でも各地に伝承されている。

しかし、彼岸を過ぎたばかりの江戸市中で起きた事件は、奇妙に過ぎた。

髪が伸びたと騒ぎになった市松人形の数は、すでに百体にも及んでいた。

瞬く間に噂が広まり、市中の民は戦々恐々。更なる凶事の前触れと書き立てて不安を煽る瓦版も後を絶たない。

安値で人形を売っていたのは行商人で、今となっては行方は分からない。

町奉行所としても放ってはおけず、廻方同心を通じて各町内を仕切る岡っ引きたちに調べをさせているが、まったく見通しが立たないまま、九月も末に至っていた。

この怪異な事件を独り調べて廻る、若い武士の名は窪田和馬。

肥後熊本の元藩主にして、浜町河岸の下屋敷を隠居所と定めて久しい、細川斉茲の側近くに仕える身であった。

二

翌日の昼下がり、和馬は下屋敷の母屋を訪れていた。

主君の斉茲は剣術の稽古をすべく、縁側に面した私室で着替え中。

絹の袷と襦袢を脱いで、細身の体にまとった筒袖は木綿製。

生成りの袴ともども、長年に亘って着慣れた稽古着である。

「大殿様、帯の締め具合はこれでよろしゅうございますか」

「うむ、苦しゅうない」

着替えを手伝う和馬はすでに稽古着の一式をまとい、二振りの木刀も用意済み。

彼岸を過ぎて残暑が鎮まり、江戸は過ごしやすい時期だった。

裏手に大川が流れる下屋敷は地名の由来となった浜町川に表門が面しており、表裏から絶えず川風が吹き寄せる。

この恵まれた立地故に暑い盛りは涼を取るのに事欠かず、快適に過ごせたものだが日を追うごとに秋が深まる中、川風の冷たさが身に染みる。今のうちから体を鍛えておくことが、年が明けても冷え込みの厳しい江戸の冬を乗りきるには欠かせない。

「されば、始めるかの」

「御意」

先に立った斉茲に続き、和馬は庭に降りていく。主従揃って裸足である。

間合いを取って向き合い、相互の礼を交わす。

「参るぞ」

「ははっ」

厳かに言上すると、和馬は木刀を構えた。

先に打ち込んだのは斉茲。

間合いを詰めながら振りかぶり、近間に踏み込むのと同時に振り下ろす。

老いを感じさせない、流れるように機敏な動きだった。

打ち込みを受け止めて押し返す、和馬の体の捌きも俊敏にして力強い。

ひとしきり打ち合った後は、伯耆流居合の稽古である。

「エイ」

「ハッ」

熊本藩に伝来する伯耆流は抜刀して斬り下ろす際、気合いの声を放つことが特徴とされている。

老若の主従が発する気合いは、形（かた）だけにはとどまらない。

体の捌きに連動した斬り付けも、真剣勝負さながらの気迫に満ちていた。

半刻（約一時間）ばかり経ったところで、稽古は終（しま）いとなった。

「ふっ、今日も良き汗を掻いたのう」

木刀を納めた斉茲は、満足そうにつぶやく。若き日々を思い起こせば肩慣らし程度の量だが、古稀（こき）を過ぎた身にとっては十分であった。

積気（しゃっき）と呼ばれる持病を抱えており、無理をするとみぞおちに激痛が走るとあれば尚のこと、気を付けなければならない。

稽古の相手を終えた和馬は、縁側に走り寄る。

あらかじめ汲んでおいた桶の水で濡らし、きつく絞る。

「大殿様、おみ足を」

「うむ」

差し出す足を拭き、汚れを落とす手付きは武骨ながらもまめまめしい。

座敷に入った斉茲は着替えを済ませ、和馬が淹れた茶を喫する。

一服し終えるのを見計らったかの如く、席を外した和馬が戻ってきた。

自身の着替えを済ませた上で持参したのは、人形を調べる際に用いた帳面。

「さて、そろそろ見立てをしようかの」

「されば、お支度をいたしまする」

文机を前に置いた上で、恭しく持ってきたのは硯箱と半紙の束。

硯箱の蓋を開き、斉茲は墨を磨り始めた。

「窪田、改めて話を聞かせよ」

「御意」

膝を正して一礼し、和馬は帳面を拡げた。

斉茲はかねてより江戸市中で起きる、さまざまな事件の謎を解くことを隠居暮らしの楽しみとしている。

だが隠居したとはいえ、元大名が自ら調べに出歩くのは自重せざるを得ない。

そこで和馬が代わりに探索を仰せつかり、詳細まで調べて報じるのを基にして斉茲は見立てを行う。

こたびも筆を走らせながら耳を傾け、聞き終えたときには答えを出していた。

「されば大殿様、人形どもの髪が伸びたと申すは……」

「左様。断じて凶事の予兆などには非ず、造りに落ち度があったが故に、しかるべくして起きたことにすぎぬのじゃ」

確信を込めて答えた上で、斉茲は和馬に問いかけた。

「ときに窪田、調べに出向いた先で人形を押し付けられたのではないかの」

「お、大殿様」

「ははは、図星らしいのう」

「な、何故に、お分かりになられましたのか」

「そのほうの気性を存じておれば、容易く察しの付くことじゃ」

可笑しげに笑いつつ、斉茲は続けて命じた。

「苦しゅうない故、持って参れ。分かりやすう教えてつかわそう」

三

「ほう……よく集まったものだのう」

「不徳の至りにございます」

溜め息を吐く斉茲に、和馬は恥じるばかりだった。

傍(かたわ)らには、大風呂敷に包んで持ってきた人形の山。

聞き込みに出向いて押し付けられたのは、昨日のことだけではなかったのだ。

「詰め込まれたままでは窮屈であろう。早う出して寝かせてやれ」

「ははっ」

和馬は風呂敷を拡げ、一体ずつ並べていく。

男女の違いはあるものの、同じ人形師が手がけたと思(おぼ)しき顔立ちをしていた。

「ふむ、二十と一か」

最後の一体が横たえられたのを見届け、斉茲は言った。

「これだけでも大したものじゃが、市中に出回りし数は二百余り……荒稼ぎをいたすにも程があろうぞ」

嘆じながら抱き上げたのは、女の子を象(かたど)った市松人形。

和馬が昨日訪れた、妾宅で押し付けられたものである。

「後で直してつかわす故、勘弁いたせ」

物言わぬ人形に向かって語りかけつつ、斉茲は帯前に手を伸ばす。

抜いたのは、髪を掻くのに用いる笄(こうがい)。

武家の習いとして屋内でも帯びたままでいた、脇差の櫃に納めていたものだ。

斉茲は笄を用い、人形の黒髪を慎重に掻き分けていく。

和馬も検めはしたものの、ここまではしなかった。

「ふっ、思ったとおりぞ」

苦笑しながらつぶやくと、斉茲は和馬に手招きをする。

「苦しゅうない、近う寄れ」

恐る恐る膝行したのを更に呼び寄せ、斉茲が示したのは毛根に当たる孔。

市松人形の髪には人の毛が用いられるが、生身の人間と同じく一本ずつ生えているわけではない。長い髪を二つに束ねて房にし、細い糸で括った輪の部分を孔に植えたのをにかわで固め、本物らしく形を調えるのである。

この仕上げの部分が杜撰ならば、人形の髪はたちまち乱れる。

斉茲が手にした人形は、髪を括った糸が緩んでいた。

「にかわの塗りが足りねば房ごと抜け落ちたことだろうが、なまじ丈夫にくっつけたのが災いしたのじゃ。束ねた輪が用を成さねば髪がずれ、日々伸びておるかの如く見えたも道理……顔の造りは見事なれど、髪を任された者が未熟だったのであろう」

唖然とする和馬に人形を渡し、斉茲は再び文机の前に座る。

「何であれ手を抜かば後々綻びが生じるものじゃ。こたびは髪の造りがそうであったということぞ。もとより人形たちに罪はないがの……」

溜め息交じりにつぶやきながらも手は休めずに、何やらしたためていた。

「何といたしまするか、大殿様」

人形を抱いたまま問いかける和馬は、不安な面持ち。

この人形たちが本当に呪われていたのであれば断固たる処置、それこそ首を刎ねることも辞さぬ所存だったが、願わくば傷付けたくない。

まして単なる不具合と分かった以上、無下に扱うことはできかねた。

無言で和馬が見守る中、斉茲が書き上げたのは二通の書状。

「南北の町奉行に届けよ」

「町方に……でございますか？」

「凶事の兆しに非ずと触れを出させ、罪なき人形が酷い目に遭わぬように取り計らうてやるのじゃ。儂の名を聞けば奉行も無下にはいたすまいぞ」

「大殿様……」

「急ぎ参れ」

「ははっ」

勢い込んで答えると、和馬は書状を押し頂く。

勇んで出て行く大きな背中を、斉茲は笑顔で見送った。

「魂が宿りし生き人形など滅多に有りはせぬ……あの又八の作ならば、動き出しても不思議ではあるまいがのう……」

ひとりごちる口調は懐かしげ。

その見事な人形を斉茲が目の当たりにしたのは、遙か昔の話であった。

下屋敷に最寄りの人形町通りでは毎年、十月を迎えて早々に市が立つ。

露店で売りに出されるのは、界隈に軒を連ねる浄瑠璃の人形師たちが手すきの折に拵えたもの。浄瑠璃用とは別の人形まで敢えて手がけるのは、生まれ育った地の評判を高めるためとのことだという。

あれは斉茲が細川の本家を継いで間もない、若かりし頃のことだった。

分家の宇土藩から図らずも養子に出され、肥後熊本五十四万石の当主に据えられたのは破格の出世だったが藩政を預かった三十年余りの間は苦労が絶えず、国許はもとより江戸での参勤中にも、気が休まる暇など有りはしなかった。

若き日の斉茲が家臣の目を盗んで独り市中にしばしば繰り出し、あちこち散策するのを無上の楽しみとしたのは、単に物珍しさ故のことではない。日々募る心労と持病の積気に押し潰されまいとする、やむにやまれぬ一念の顕れだったと言えよう。

当時の斉茲は在府中には、江戸城龍ノ口の上屋敷で暮らしていた。まだ浜町河岸の下屋敷は熊本藩のものではなく、知り人が居たわけでもない。

人形町通りに足を運んだのは江戸の浄瑠璃芝居を支える職人衆が腕を振るい、豪華な飾り雛から子ども向けの安価な人形に至るまで扱う市が催されると耳にして、どの程度のものなのか目利きをしてやろうと、冷やかし半分で赴いたにすぎなかった。

かくして訪れた人形市で目を惹いたのは、群を抜く出来の市松人形。

若年の頃より書画骨董をこよなく愛し、自ら絵も手がける斉茲は、自ずと見る目が肥えている。その斉茲がお忍びで出歩く際、抜かりなく持ち歩いている小判を余さず散じても惜しくないと思えるほどの、見事な出来映えだったのである。

「金持ち気取りの野暮天に売るなんざ真っ平御免、おとといきやがれ……か。まさか大名が相手とは思わなんだにせよ、なかなか切れる啖呵ではあるまい」

苦笑しながらつぶやく声に、恨みがましい響きは無い。

又八という同じ世代の職人の心意気に斉茲は惚れ込み、最寄りの芝居小屋で浄瑠璃の舞台を熱心に鑑賞する一方、仕事場にも足繁く通ったものであった。

そんな付き合いが突如として絶えたのは又八が行き先を告げることなく、夜逃げも同然に引っ越してしまったが故のこと。

界隈の誰も理由は思い当たらず、放り出した仕事は弟子の若い衆が引き継いで今に至っていた。

「生きておれば儂と同じく、古稀を過ぎた身か……せめて息災ならば良いがの」

しみじみとつぶやき、斉茲は床の間を見やる。

飾られた肖像画は斉茲が自ら描いた、幼くして世を去った愛娘たち。五女の融姫が亡くなったのは文化十年（一八一三）の七月、六女の耉姫は文政九年（一八二六）の十二月のことだった。

「融……耉……そなたらに冥土で会えるのは、いつの日になることかのう……」

切なげに吐息を漏らしながらも、まだ斉茲は生きるのに疲れてはいない。

余生を健やかに全うしたいと思えるのも、活気に溢れる人形町通りの町民たちとの交流、そして側近くで労を惜しまずに働いてくれる、和馬という得難き家臣が仕えていればこそであった。

四

いつの間にか眠り込んでいたらしい。

「大殿様……」

遠慮がちに呼びかける声を耳にして、斉茲は目を覚ました。

「おお、多吉(たきち)か」

「へい」

ぺこりと頭を下げたのは半纏(はんてん)の胸元から腹掛けを覗かせた、職人風の若い男。

「遠慮は無用じゃ。上がるがよい」

「お邪魔いたしやす」

言葉少なに一礼し、縁側から座敷に上がり込んだ多吉は人形師。

下屋敷を訪れたのは、斉茲から用事を申し付けられてのことだった。

「そのほうに見せたいと申したのは、これじゃ」

「謹んで拝見しやす」

床の間に向かって膝を揃え、多吉は姫君たちの肖像画に視線を注ぐ。

横を向いた赤ん坊は、生後半年足らずで逝（い）った融姫。

夏用の袖無しをまとい、むっちりした手足を剝き出しにした姿が愛くるしい。

目鼻は描かれておらず、丸みを帯びた顎とちんまりした耳をこちらに向けている。

一方の肴姫は芥子（けし）坊主と呼ばれる、髷（まげ）を結う部分だけを残して剃り上げた姿。大人の武家女の如く打掛（うちかけ）をまとい、大きすぎる座布団にちょこんと座った姿が微笑（ほほえ）ましい。

「肴は四歳で空（むな）しゅうなっての……返す返すも悔やまれるわ」

「ご心中、お察し申し上げやす」

嘆く斉茲に相槌を打ちながらも、多吉は肖像画から目を離さない。幼い娘を失った悲しみの赴くままに描かれた絵から何かを汲み取るべく、黒目がちの瞳を前に向けたままでいた。

斉茲が多吉を呼んだのは愛娘たちの絵姿を基に人形を拵えさせ、手許に置きたいと思い立ったが故のこと。

「どうじゃ、何とかなりそうかの？」

「大殿様の仰せとあれば是非もございやせん。お引き受けいたしやす」

「ふっ、頼もしき限りだの」

安堵の笑みを浮かべてつぶやく、斉茲の胸中は複雑だった。

人形町通りに軒を連ねる中でも腕利きと評判の多吉は、又八の弟子だった身。教えを受けた中では最も若かったが、並び立つ者はいないと称されて止まずにいる。

だが、斉茲から見ればまだ甘い。

又八が手がけた人形からは、生きているかの如き精気が感じ取れた。

しかし多吉が生み出せるのは、あくまで造り物にすぎない。どれほど精緻であろうとも、命が宿るまでとは思えぬのだ。

それでも又八の行方が分からぬ以上、一番弟子に託すより他にあるまい——。

「よしなに頼むぞ」

「へい」

答える多吉の態度は、あくまで堅い。

ざっくばらんな人形町通りの男衆の中では珍しい振る舞いは、斉茲が初めて会った少年の頃から変わらないものであった。

第一章　べったら漬け

一

下屋敷の敷地内で暮らす和馬の朝は早い。

今日も夜明け前に起床して髭と月代を剃り、身なりを調えた上で口にしたのは、床に就く前に握っておいた塩むすび。

慌ただしくもしっかりと腹ごしらえを済ませ、火鉢から鉄瓶を取る。

ぐびりと湯冷ましを流し込み、羽織の紐を結んで一間きりの御長屋を後にする。

表はまだ暗く、漂う空気は冷たいながらもすがすがしい。

残暑が去って、朝夕はめっきり涼しくなった。

「暑さ寒さも彼岸まで……か」

ひとりごちながら障子戸を閉めると、和馬は急ぎ足で歩き出す。

独り身の家臣が寝起きする御長屋は、屋敷の表門に連なる形で設けられている。

和馬が現れるのを待っていたかの如く、番小屋の板戸が開いた。

姿を見せたのは、中間（ちゅうげん）の三助（さんすけ）だった。

中肉中背で顔立ちも地味な四十男は、紺看板（こんかんばん）と呼ばれる木綿の法被（はっぴ）をまとった上に白地の梵天帯（ぼんてんおび）を締め、股引（ももひき）を剝き出しにした、武家奉公の中間らしい装いだ。

共に番を仰せつかった朋輩（ほうばい）は、番小屋の奥で鼾（いびき）をかいて熟睡中。

「お早うございます、和馬さん」

挨拶する口調は、さりげなくも打ち解（う と）けたものである。

「うむ」

言葉少なに頷き返した和馬から先に、二人は潜戸（くぐりど）を通って表に出る。

武家屋敷の門が開かれるのは、主君や身分の高い客が出入りするときのみ。正規の藩邸である上屋敷とは別に大名家が構える、中屋敷や下屋敷も同じであった。

朝靄（あさもや）の漂う中、二人は浜町川沿いに歩みを進める。

西から東に向かって吹く風が、川面を波立たせている。

行く手に入江が見えてきた。

向かって左手に延びる二町（約二〇〇メートル）ほどの運河は、元吉原の堀の跡。明暦の大火で焼失したのを機に一帯は町人地と改められたが、かつて遊廓の四方を囲んでいた堀の一部が残され、運河となって活用された。河岸に面した一帯に竈造りの職人衆が住み着いたため、へっつい河岸と俗に呼ばれる。

この堀留を右に曲がった先が、人形町通りだ。

通い慣れた通りを進むと、甘い匂いが行く手から漂ってきた。

「おしの殿、もう煮始めたのか……」

「後れを取っちまったみたいですね」

「ううむ、いかんな」

焦りを隠せぬ和馬を先頭に、二人は急ぎ足で裏口に回る。

和馬と三助が通う福々堂は、界隈でも人気の菓子屋。

近頃は斉茲の発案によって誕生した『ほそかわ巻き』が評判で、歌舞伎と浄瑠璃の芝居小屋の客席での売れ行きは上々。土産として帰りに店で買い求めていく客も多いため、日々作るのが追い付かぬほどだった。

この二人は福々堂に毎朝出向き、ほそかわ巻きの仕込みを手伝っている。

主家の名前を冠する以上、恥となるものを作らせまいと目を配るのが本来の役目であったが、今では専ら手伝うばかり。共に欠かせぬ存在となっていた。

二

裏の勝手口を開けたところは、さまざまな菓子が生み出される広い板場。

忙しく立ち働くのは、店に住み込みの職人衆である。

揃いの筒袖は白木綿。汗が滴るのを防ぐため、全員が鉢巻きをしていた。

控えの間に入った二人は、支度を急いだ。

和馬は大小の刀を、三助は木刀をそれぞれ置いて持参の襷を掛け、清潔な手ぬぐいを頭に巻く。

めっきり涼しくなった表と違って、板場は今朝も熱気に満ちている。

中でも暑いのは、大釜を火に掛けた竈の前。

菓子作りに欠かせぬ小豆を山ほど煮ていたのは、まだ若い女の職人。

和馬の胸元にも届かぬほど小柄だが腰の張りは豊かで、手足はすらりと長かった。

火加減を見る瞳は大きく、煌めく様が愛くるしい。

「相済まぬな、おしの殿。些か遅くなってしもうた」

「まぁ窪田様、いつもすみません」

詫びる和馬に向き直って答える、女の態度は淑やか。

明るい声の響きも、嫌みを感じさせぬものであった。

「大口の注文が入りましたので、今日は早めに始めさせていただきました」

「左様であったか。商売繁盛で何よりだな」

「はい、おかげさまで」

「雑作を掛けたな。後は任せてもらおうか」

女が差し出す杓文字を受け取り、和馬は竈の前に立つ。

「さすがはおしの殿、良き加減だ」

笑顔でつぶやき、あんこを練り始める腰付きは力強い。

国許で兄夫婦の厄介になっていた部屋住みの頃、九州で唐芋と呼ばれるサツマイモを用いた菓子作りを散々させられた経験を活かしてのことだった。

「よろしくお願いいたします」

白い歯を覗かせて微笑むおしのは、福々堂の看板娘だ。

二十歳を過ぎても鉄漿を差さず、眉も剃らずにいるのは未婚の身なればこそのことだが、実は一児の母である。

この春に解決した事件を通じ、思わぬ過去を知るに至った後も、おしのを想う和馬の気持ちは変わらない。

和馬が労を惜しまず日参するのは役目を果たすためであると同時に、初めて会ったときからおしのに惚れ抜いていればこそ。

当人に気持ちがまったく伝わっていないのが、もどかしい限りだが——。


ほそかわ巻きは、今日も着々と仕上がっていた。

三助は職人衆に混じり、生地を捏ねるのに励んでいる。

台の上には和馬の炊いたあんこが運ばれ、皮が焼き上がる端から包まれていく。

率先して作業を進めていたのは、おしのである。

へらですくったあんこを軽く盛り付け、サッと伸ばして包む手際は慣れたもの。

小麦の粉を水で溶いた生地を薄く焼き上げ、つぶあんを細く巻き込んだ菓子が人気となったのは手を汚さず食べられる上に腹持ちが良く、芝居見物のお供にぴったりと評判を取ったが故のこと。

卵の代わりに豆腐を混ぜた生地はふんわり柔らかく、小豆あんとの相性も良い。

小豆は炊くと腹が割れるため切腹を連想させるとして武家では嫌われるが、庶民の娯楽として栄え、そのままでは扱いかねる武家の事件まで大胆に脚色し、外題とする歌舞伎や浄瑠璃の芝居小屋で売るのには何の障りも無い。

土産物として店頭で売られるぶんも買っていくのは専ら町人のため、理不尽に文句を付けられることはなかった。

「後は頼むぞ」

和馬は三助に一声かけると、控えの間に向かう。

襷と手ぬぐいを取り、襟元を正した上で脇差を帯びて刀を提げる。

ほそかわ巻きを売りに芝居町へ赴く、店の小僧に同行するためだ。

売りに出す菓子の数が揃う前に、小僧たちは朝餉と身支度を済ませてある。

お仕着せの木綿の着物に重ねた揃いの法被は、福々堂の屋号入り。出来たてのほそかわ巻きをぎっしり詰めた提げ重箱を、全員が一組ずつ携えていた。

同じ法被をまとった手代に引率され、先発した一団が赴く先は葺屋町の市村座。

和馬が付き添ったのは、堺町の中村座を持ち場とする一隊だった。

「されば我らも参ろうぞ」

小僧たちの先に立ち、和馬は明るい陽射しの下を駆け抜けていく。

晴れ渡った秋空に向かってそびえ立つ、中村座の櫓と大看板が見えてきた。

客を呼び込む太鼓（たいこ）が鳴り響く中、和馬と小僧たちは芝居小屋に入っていく。

中村座は午前から盛況だった。

桟敷（さじき）から羅漢台（らかんだい）と呼ばれる安い席まで、今日はすし詰めの大入り満員。

「わぁ、すごいねぇ」

「お客さんで一杯だ」

賑わう様子を目（ま）の当たりにして、重箱を提げた小僧たちは大張り切り。

年端（としは）の行かぬ子どもでも、こういうときには奮（ふる）い立つものである。

「よーし、今日こそ一番に売り切ってやるぞう」

「何言ってんだ。いつもと同じで、おいらが勝つに決まってるだろ」

「これ、張り合うのは結構だが喧嘩はいたすな」

まるい額（ひたい）をちょんとつついて、和馬はいがみ合う二人の小僧を大人しくさせる。

手習い塾の教師になったかの如き気分だが、こういうのも悪くはない。

「さ、仲良う励んで参れ」

「はーい！」

幕開け早々より賑わう客席に、小僧たちは勇んで足を踏み入れた。

畳敷きの客席は歩と称する板が縦横に巡らされ、茶や菓子、弁当の売り子が行き来できる造りになっている。

細い板の上を歩くのは骨が折れるが、子どもにとっては楽なもの。

「福々堂名物ほそかわ巻きですよ〜」

「どうぞ召し上がってくださいな〜」

可愛らしくも抜かりなく売り始めたのを見届け、和馬は舞台裏の楽屋に向かう。

大きな手にはおしのから託された、差し入れの包みを携えていた。

「御免」

訪いを入れて、暖簾を潜る。

「いらっしゃいまし、窪田様」

真っ先に挨拶したのは、楽屋を仕切る年嵩の女形。

「あら、毎度お気を遣っていただいてすみませんね」

「礼を申すはこちらのほうだ。遠慮のう分けてくれ」

謝する女形に笑みを返し、和馬は包みを手渡した。

ほそかわ巻きは客だけに限らず、役者衆の受けも良い。

薄焼きの生地に惜しみなくあんこを巻いた焼き菓子は、幕間の慌ただしい最中に手を汚すことなく食べられる上、腹持ちも良いからである。

「おや、福々堂さんからの差し入れかい？」

「朝飯を食いっぱぐれて往生してたんだ。こいつぁ渡りに船だねぇ」

出番を終えた役者衆が嬉々として折詰の菓子に手を伸ばす中、若い女形が火鉢の前で甲斐甲斐しく、皆に茶を淹れている。

ほそかわ巻きに舌鼓を打つ役者衆から離れ、和馬は女形に呼びかけた。

「今日も精が出るな、菊弥」

「和馬さんこそ、いつもご苦労様です」

淑やかに礼を述べる物腰は柔らかく、本物の女人も顔負けの色っぽさ。

色白で体付きも華奢であり、化粧をせずとも女と見紛う美形であった。

三助と共に和馬を手伝う菊弥は、斉茲から命じられる事件の調べを付けるのに欠かせぬ仲間。宮地芝居の役者あがりで中村座では新参のため、相も変わらず古株の連中の世話をするのに忙しい様子だったが、小さいながらも役が付くようになったことで気持ちに張りが出たらしく、いつも明るく振る舞っている。

これから十月の半ばまで続く秋狂言は、歌舞伎役者にとっては正念場。

人気が得られぬ者はこれを最後にお払い箱にされる決まりで、俗にお名残狂言とも呼ばれているが、出番の増えた菊弥は何とか乗り越えられそうであった。

三

和馬が中村座の賑わいを後にしたのは、昼も近くなった頃。

小僧たちが元気に励んだ甲斐あって、朝に運んだほそかわ巻きは完売。

午後から売るぶんは手代が届けてくれるので、和馬が心配するには及ばない。

後は福々堂に報告し、下屋敷に帰るだけだった。

浜町河岸の下屋敷では、斉茲が今や遅しと待っているはずである。

和馬に稽古の相手をさせるだけでなく、土産のほそかわ巻きを持ち帰るのも――。

しかし今日は、すぐには戻れそうになかった。

福々堂の前に人だかりがしている。

菓子を求めて足を運んだ客ではない。

深刻そうな顔ぶれは隣近所の住人たち。

福々堂のあるじの喜平(きへい)と女房のおそめ、更にはおしのまで表に出てきていた。

「何としたのだ、おしの殿」

「窪田様……」

駆け寄る和馬に視線を向けた、おしのの顔は不安で一杯。いつも明るい看板娘らしからぬ、深刻な面持ちであった。

「べったら漬けが今年は購えぬだと!?」

「今さっき、知らせがあったばかりなんです……」

おしのが和馬に打ち明けたのは、思いもよらぬ話だった。

人形町通りでは恒例の人形市に先駆け、最寄りの大伝馬町に在る宝田恵比寿神社で二十日に催される祭礼に合わせた市が立つ。

十九日の夜に通りにずらりと並ぶ露店で売られるのは、恵比寿講に用いられる道具や供物。そして秋大根の漬け物である。

中でも毎年好評なのが、べったら漬けだ。

「いつも売りに来てくださる村の方が急に行けなくなったと……理由を幾ら尋ねても教えてはもらえなくて……」

「何やら怯えているみたいだったねぇ」

悲痛な面持ちでつぶやくおしのに、おそのがそっと言い添える。

「怯えていたとな？　まことか」

「はい。まるで誰かに脅されているようでした」

「おのれ……左様な奴がまことに居るならば、許せまいぞ」

温厚な和馬が怒りを露わにするのも、無理はなかった。

恵比寿講の市は、俗にべったら市と呼ばれている。

当日の主役は、あの甘く柔らかい大根漬けなのだ。

江戸っ子は総じて甘味を好む。

菓子ばかりではなく料理や漬け物も同様で、浅く塩漬けにした大根を米麴と酒粕を混ぜた床に本漬けして仕上げるべったら漬けは、こよなく愛されていた。

市が開かれる当日には指が汚れるのを厭うどころか、嬉々としてぶら提げながら、

『べったり、べったり』

と呼ばわって通りを練り歩き、行き交う人々に道を開けさせるのもお約束である。

一年を通じて客足が絶えない福々堂もべったら市の日は商売にならず、十九日と二十日は両日に亘って店を閉め、藪入りと正月以外は骨休めができない奉公人たちに暇を出すのが恒例となっていた。

しかし、このままではのんびりしてはいられまい。

主役のべったら漬けを欠いたまま、年に一度の催しの日を迎えては、人形町通りで

暮らす全員の恥となってしまうからだ。

どこの町でも名物を作るのに協力し合うのは、客足を増やしたいが故のこと。人形師たちが手間暇を惜しまずに腕を振るうのも、左様に願えばこそである。

そんな努力もいま一つの名物である、べったら漬けを売りに来てもらえなければ水泡に帰してしまう。一度しくじれば、来年からでは取り返しがつかない。

「みんな、落ち着いてくんな」

動揺を隠せぬ一同に、喜平が呼びかけた。

体格が良いだけに、発する声も貫禄十分。

だが、後に続けた一言は迂闊だった。

「要は代わりを持って来ればいいこった。早いとこ手配を付けるか、何なら俺たちで漬けちまおうじゃねぇか」

「あのー、福々堂さん……お言葉ですが、それは無理な相談ではありませんか」

「お若いのが言うとおりだぜ、喜っちゃん」

新参の掛け茶屋のあるじがおずおずと切り出すのに、下駄屋の親爺が言い添える。

「昔馴染みのよしみで意見をさせてもらうが、代わりを探すのが難しいのはお前さんも承知の上だろ。恵比寿講の市が立つのはこの界隈に限った話じゃねぇのだし、よその町と付き合いのある村にゃ余裕なんざありゃしねぇ。渡りに船で売りに来てくれるどころか悪い噂を広められ、評判を落とすことになっちまうぜ」

「長兵衛さんの言うとおりですよ、福々堂さん」

続いて口を挟んだのは、掛け茶屋と共に新参者の鮨屋だった。

「べったら漬けは半月もあれば漬かりますし、今から仕込めば陰干しする日を含めても間に合わせることはできるでしょう……ですが客の舌は正直です。幾ら福々堂さんが甘味で名の聞こえたお店でも上手くいくとは思えません。せめてお仲間内に本職の漬け物屋さんがいらっしゃれば、話は別でしょうけれど……どうか危ない橋を渡るのだけは思いとどまってくださいまし。このとおりお願いします」

この鮨屋、若いながらも苦労人である。

長らく屋台で商いをして元手を貯め、人形町通りに店を借りたばかりだけに、予期せぬ事態に青ざめている。臆せず滔々と思うところを述べたのも、背水の陣で日々の商いに取り組んでいればこそなのだろう。

他の面々は口を閉ざしたまま、じっと喜平に視線を向けていた。

人形町通りで一番人気の福々堂は、先々代の頃から界隈のまとめ役。

当代の喜平も、頼りがいのある男。今日まで滞りなく任を全うしてきた。

しかし、誰にでも落ち度は有るものだ。

「待て、待て、おぬしたち」

二の句が継げずにいる喜平を見かねて、ずいと和馬が身を乗り出す。

和馬は文字どおりの六尺豊かな大男、しかも顔立ちが濃い。

大首絵(おおくびえ)から抜け出してきた役者さながらの迫力に、一同は押し黙る。

「弘法(こうぼう)も筆の誤りと申すであろう。喜平殿を責めてはならぬ」

声を荒らげることなく、和馬は皆に向かって問うた。

「おぬしたち、すぐ目の前に大事が控えておるのを忘れたか」

「あっ……」

思わず息を呑んだのは野次馬に混じり、成り行きを見守っていた人形師たち。多吉の姿は見当たらない。

和馬は続けて語りかけた。

「べったら市には十分に日数も残されておるが、人形市は月明け早々……町の名折れとならぬように、今はそちらに力を注ぐべきであろう」

「ううん、こいつぁ窪田の旦那のおっしゃるとおりだぜ」

恥じた様子でつぶやいたのは、下駄屋の長兵衛。

界隈で一番のうるさ型が認めたからには、他の面々も黙るしかない。

だが、これで落着したわけではなかった。

和馬が言うとおり、まず注力すべきなのは目前に迫った人形市だが、べったら市が依然として危ぶまれることに変わりはない。たとえ人形市が滞りなく済んだとしても続く催しが不首尾となれば、せっかくの苦労も水の泡となってしまう。界隈で商いをしている一同にとっては、何としても避けたい事態であった。

「あのー、よろしいですか」

一同が静まり返った中、おずおずと和馬に問いかけたのは掛け茶屋のあるじ。

痩せぎすで見るからに弱々しいが、商いのためならば遠慮をしない質らしい。

「仰せはごもっともでございますが、べったら漬けはどうなさるんですか？」

意を決して確かめたのも、当然だろう。

市が立つ日は、掛け茶屋にも多くの客が訪れる。人形市だけではなく、べったら市も全うしてもらえなくては困るのだ。

他の面々も、固唾を呑んで答えを待つ。

和馬の返答は明快だった。

「それがしが手配を付ける故、安堵せい」

「ま、まことですか」

「武士に二言はない。大船に乗った積もりで居れ」

「へっ、こいつぁ頼もしいや」

長兵衛が相好を崩したのを皮切りに、どっと一同は湧き返る。

「お頼みしますぜ、窪田様！」

「さすがは浜町様の一のご家来だぜぇ」

「ありがてぇ、ありがてぇ」

「これで俺らも枕を高くして寝られるってもんだ」

歓声が飛び交う中、おしのは心配そうな面持ちであった。

「窪田様……」

独りたたずむおしのは、一人息子の小太郎を抱いている。

「だぁ、だぁ」

今し方まで乳を飲ませてもらっていたらしく、幼子の口の端は白い。

満腹した後のげっぷも済ませたと見えて、ぐずることなく目を上に向けていた。

無垢な瞳に映る和馬のたたずまいは、意気揚々としていて頼もしい。

しかし福々堂の職人たちに交じって見守る三助には、不快にしか思えなかった。

「窪田殿……大殿様をお恃み申し上げてのことならば見損うたぞ……」

つぶやく声は当人も気付かぬうちに、士分だった頃に戻っていた。

今でこそ熊本藩下屋敷に中間奉公している三助だが、世を拗ねる以前は足軽ながら大小の刀を帯びた身。家督を継げぬ部屋住みで兄夫婦に厄介者扱いをされていたのも和馬と同じであり、共に斉兹に仕えることとなって以来、親近感を抱いている。

そんな親愛の情も、今や失せてしまっていた。

和馬が斉兹を通じて江戸城龍ノ口の上屋敷に掛け合い、首尾よく話を通せば誰にも文句を付けられぬ、上物のべったら漬けを揃えることも可能であろう。

しかし和馬と三助が仕える斉兹は、隠居して久しい立場。

下屋敷の界隈で浜町様と親しまれてはいるものの、細川の家中においては前の藩主という立場にすぎない。町奉行にまで睨みを利かせることができるのも、外様ながら日の本でも指折りの大名家である細川家の威光があればこそ。その威光を振りかざすのにも自ずと限りがあった。

市井で起きる事件の謎を解くのを無上の楽しみとする斉兹を慮り、髪が伸びると噂になった人形の一件の折の如く町奉行に御触れを出させること等は黙認しても、市井の民に肩入れするのは好ましいとは見なされていない。一日で売り切れるだけの量の漬け物とはいえ、調達するのに力を貸してもらえるとは考え難かった。

「ここまでして、おしの殿にいい顔をしたいのか……」

三助の嘆きは飛び交う歓声に掻き消され、周りには聞こえていない。

胴上げされんばかりの和馬の耳には、もとより届くはずもなかった。

四

表の騒ぎを意に介さず、多吉は黙々と筆を走らせていた。

夫婦二人きりで暮らしているのは、同業の人形師たちが軒を連ねている中でも外れの一角である。日頃は静かな、この辺りにまで聞こえてくるほどの歓声も、多吉の手を止めさせるには至らずにいた。

市松人形は、複数の職人たちの手によって生み出される。

頭と胴、手足の素材となる生地は、大鋸屑と生麩糊を混ぜた桐塑を用いて生地師が形作り、天日で乾燥させたもの。

この生地を削って磨き、塗りを繰り返した上で最後に繋いで完成させるのが、仕上師とも呼ばれる人形師だ。

中でも慎重を要するのが、頭部である。

口と鼻を拵(こしら)えて髪を植え、眼窩には義眼師が手がけた眼を嵌(は)め込む。

生地も義眼もまだ出来上がっていないため、多吉は手が空いているはず。

にも拘(かか)わらず板敷きの仕事場に閉じこもり、表を盛んに飛び交う声に耳も貸さずにいたのは、下絵を作成するのにかかりきりだったが故のこと。

斉茲から仰せつかった人形は、姉妹の二体。

姿の元とする肖像画を参照して生地と義眼を手配した後、多吉が描き上げた頭部の下絵の数はおびただしい。

ざっと見積もっても、合わせて百枚には及んでいるだろう。

簡単な線で、大まかに描いたものとは違う。

書き散らしたのではない証左に、多吉は乾いた下絵を幾つかに分けて重ねていた。

姉妹をそれぞれ別にしているだけではない。

正面と側面、更には斜めから見た構図ごとに、きちんと分けられている。

精緻極まる筆の運びで描き出された人形の顔は色こそ付いていないが、斉茲に見せられた肖像画を超える生気に満ちている。これほど根(こん)を詰めたとなれば、ただでさえ細身の多吉が痩せ細り、頬がこけてしまったのも無理はあるまい。

通りに面した障子戸が、そっと開いた。

入ってきたのは、女房のおぶん。

表の騒ぎはいつの間にか鎮(しず)まり、集まった人々も居なくなっていた。

「お前さん……」

遠慮がちに呼びかけても、多吉は何も答えない。

おぶんが戻ったことにも気付かぬまま、一心不乱に筆を走らせるばかりであった。


秋の日は釣瓶落(つるべお)としとは、よく言ったものである。

和馬が浜町河岸に戻ったとき、早くも日は暮れていた。

三助の姿は見当たらない。あれから何処かに行ってしまった和馬に代わり、斉茲の稽古の相手を務めるために先に下屋敷へ帰ったのだ。

浜町川に沿って歩みを進める、和馬の足の運びは遅い。

雪駄(せった)の鼻緒は緩(ゆる)み、羽織の背中に汗が滲んでいる。

よほど遠くまで、それも急ぎで出向いたのだろう。

疲れた様子で潜戸を抜け、番小屋の前を通る。

「雑作をかけたな。許せ」

三助の姿を認めた和馬は、言葉少なに労をねぎらう。

独りで番をしていた三助は声をかけないばかりか、目も向けようとはしなかった。

「ふっ、そのほうもなかなかの役者だの」

和馬から事の次第の報告を受けた斉茲は、微笑み交じりにつぶやいた。

「儂を頼って何とかすると皆に思い込ませて安堵させ、独りで取引先の村に足を運ぶとはの……して、首尾はどうであった？」

「食い下がりましたが重ねて断られ、面目次第もございませぬ」

興味津々で尋ねた斉茲に、和馬は無念の面持ちで答えた。

「左様であったか。年に一度の稼ぎ時だと申すに、よほど欲が無いらしいのう」

「何者かに脅されておるのではないかとおしの殿が申しておりましたが、これは正鵠を射ておることと判じまする」

「直に足を運んで、左様に感じ取ったのだな」

「ははっ」

疲れが滲む顔を引き締め、和馬は言上した。

「老若の男女はもとより、年端も行かぬ童まで知らぬ存ぜぬを決め込んでおったのは親に口止めをされてのことだけではございますまい。村役人か、下手をいたさば名主から因果を含められておるのではないかと推察いたしまする」

「いや、更に立場が上の者であろうぞ」

「上と申されますと……まさか、お代官にございまするか？」

「これ、早合点をするでないわ」

苦笑を浮かべて斉茲は言った。

「そのほうも知ってのとおり、江戸近郊の農村は町奉行ではなく代官が支配し、年貢の取り立てに勤しんでおる。したが伊豆韮山代官の職を代々務めし江川家は、英邁にして実直で知られた一族じゃ。斯様に阿漕な真似などいたすまい」

「さすれば一体、何者が……」

「そこから先は改めて思案せよ。儂が見立てをいたすまでもなく、そのほうらだけで答えに辿り着き得るはずじゃ」

戸惑う和馬にそう告げると、斉茲はまた微笑んだ。

「おしの心証、こたびの件で良うなったであろう」

「な、何を仰せになられますのか」

「ははは……そのほうの気持ちは周知のことなれば、今さら照れるには及ぶまいぞ」

機嫌よく告げながらも、斉茲は事態を楽観してはいないらしい。

「人にはそれぞれ、身命を賭してでも全うしたいものがある。分こそ違えど、その気持ちは同じことじゃ」

「大殿様」

「人形町通りの衆が祭事に傾ける想いは、まことに真摯……乗りかかった船を断じて沈めては相成らぬぞ」

「ぎ、御意」

釘を刺されて和馬が平伏する。

それを見届け、斉茲は言った。

「漬け物は農民が直に売るものなれば、香具師の類が今さら食指を動かすことは有り得ぬはずぞ。さりとて取引先をすでに持っておる他の村の者たちが欲を掻き、強いて割り込むとも考え難い。そもそも人形町通りに目を付けたのならば、今頃は素知らぬ顔で売り込みに参っておるだろうよ」

「左様な真似をいたさば、かえって怪しまれるのではありませぬか」

「利を得んと欲する輩はまことに図太きものよ。そのぐらい厚顔無恥でなくば、そもそも脅しなど掛けまい」

「手強きことでございまするな……」

「しっかりせい、窪田」

思わず不安を滲ませた和馬に、斉茲は告げる。

「皆の期待に背いて何とする。くれぐれも抜かるでないぞ」

「御意」

答える声は力強い。

褌を締め直し、心して事に当たる所存だった。

五

翌日から、和馬は聞き込みに専念した。

福々堂の手伝いばかりか、斉茲の稽古相手まで休ませてもらった上のことである。

べったら漬けを売りに来るのを拒んだ村にも再び足を運び、今度は正面から尋ねるのではなく身を潜め、密かに村人たちの動向に目を配った。

その結果、思いがけないことが明るみに出た。

(見廻りにしては雑に過ぎる……あやつらは一体、何者だ)

和馬に不審を抱かせたのは、名主の許(もと)を訪問した武士たちだった。

代官の配下ではなく、旗本(はたもと)に仕える家士と思(おぼ)しき一団である。

どこかで見た覚えのある、一様に目付きの悪い面々であった。

直参(じきさん)、すなわち将軍直属の臣下である旗本は大名と同格で、城こそ持てぬが知行地と称する所領を授けられている。

ただし大名と違って直(じか)に治めることはなく、年貢の徴収を始めとする行政から司法に至るまで、すべては代官に任される。代官とその配下では目が行き届き難い犯罪の取り締まりは関東取締出役(かんとうとりしまりしゅつやく)、俗に言う八州廻(はっしゅうまわ)りが出張(でば)ってくれるので領主の旗本自身はもとより、家臣たちも足を運ぶに及ばなかった。

にも拘わらず、わざわざ姿を見せたのはなぜなのか。

名主の屋敷を後にした一団は、それぞれ用意の馬に跨(また)がる。

後をつけようにも、徒歩(かち)では追い付けない。

「くっ！」

焦りの声を上げた和馬に、後ろから呼びかける声がした。

「お任せください、和馬さん」

「さ、三助⁉」

「経緯（いきさつ）は大殿様から伺いました。まったく、水臭いですよ」

「いや、おぬしたちまで巻き込んではなるまいと思うた故……」

「それが水臭いと言うんです。何も独りで背負い込むことはないでしょう」

「おぬし……」

「目星がついたらお知らせします。お先に戻っていてください」

言葉に詰まる和馬に笑みを返し、だっと駆け出す。

村を出た騎馬の一団を追い、付かず離れず疾走する足の運びは頼もしい。

三助は武士として生きていた頃、国許では健脚で鳴らした身。

盛んに飛ばすのをものともせずに、ぴたりと後を追っていく。

日暮れ前に江戸の城下に着いた一団が馬を降り、仕えるあるじの屋敷に入ったのを物陰で見届ける際にも、ほとんど息を乱してはいなかった。


夜が更（ふ）けるのを待って、和馬は目指す屋敷に忍び込んだ。

合流した三助も共に塀を乗り越え、見張りの目を盗んで庭を駆け抜ける。

「……あの部屋じゃないですか」

「……うむ」

声を潜めて頷き合い、二人は縁側に近付いていく。

憎むべき黒幕は屋敷の自室で独り、杯を傾けて悦に入っていた。

「名物を失うて天下に恥を晒さば、愚民どもも細川のじじいを持ち上げるどころではあるまいぞ……かっかっかっ、良い気味じゃ」

赤ら顔で高笑いする、男の名前は矢野鞭馬。

無役の暇を持て余し、お定まりの酒色遊興に明け暮れるだけでは飽き足らずに悪事ばかり働いている、札付きの悪旗本であった。

(道理で見覚えがあるはずだ。あれは芝居町にて暴挙に及び、大殿様と俺に叩きのめされた家士連中……)

胸の内でつぶやく和馬は、悪旗本との因縁を思い起こしていた。

矢野は斉茲に対し、深い恨みを抱いている。

元はと言えば芝居茶屋で酒に酔って暴れ、居合わせた斉茲に懲らしめられた矢野が悪いのだが、一向に反省することはなかった。

それどころか旗本仲間を引き連れて意趣返しを試み、仕損じた後はわざと芝居町で騒ぎを起こしておびき出し、返り討ちにしようと企んだのである。

誘いに乗って参上した斉茲と和馬の連携によって打ち負かされて以来、矢野とその配下は一度も姿を見せていない。

さすがに懲りて大人しくなったと思いきや今度は裏に回り、主従が馴染んで久しい人形町通りを標的と見なした上で領内の農民たちを脅しつけ、べったら漬けを売りに行くことを辞退させていたのだ。

知行地の村々で暮らす人々にとって、旗本は殿様。

何であれ、命じられれば逆らえるはずがあるまい。

人の弱みに付け込んだ、姑息極まるやり口と言えよう。

許し難いことだが、直参を相手にこちらから立ち向かうのは憚られる。

もとより命まで奪うつもりはなかったが、事を構えるだけでも危うい。

下手をすれば将軍家の心証を害し、細川の本家にまで累が及んでしまうからだ。

これまでは向こうから再三に亘って争いを仕掛けられ、降りかかった火の粉を払うのみに徹していたので事なきを得ていたが、矢野もこたびは慎重を期し、表立って動こうとはせずにいる。

生殺与奪の権を握られた農民たちに無理を強いるわけにもいかない以上、べったら漬けは諦めるより他になかった。

三助が黙って肩に触れてくる。

震える肩の力を抜き、和馬は無言で動き出す。

見張りに出くわすことなく表に抜け出せたのは怒りを抑え、落ち着いて行動したが故のことだった。

六

「外道を懲らしめるのは後にせい」

報告を受けた斉茲は、細面を顰めながらも和馬を諭した。

「乗りかかった船を沈めてしもうては相成らぬと申し付けたであろう。今は代わりのべったら漬けを手配し、市を滞りのう開かせてやるのが先と心得よ」

「……御意」

逆らうことなく、和馬は答える。

斉茲は悪旗本の所業を許したわけではない。

懲りずに悪事を、しかも弱者を狙ったことに立腹しているのは、抑えきれぬ怒りを滲ませていることから察しが付く。

しかし、今はべったら市を成功させて、人形町通りを救うのが先。

主従の願いが一致している以上、黙って従うべきだった。

「何事も、仰せのままにいたしまする」

「うむ、良き答えじゃ」

重ねて言上したのに頷くと、斉茲は言った。

「されば、こたびは菊弥を頼るがいい」

「中村座の菊弥にございますか？」

意外な人物の名を挙げられ、和馬は戸惑う。

「あやつは練馬、それもべったら漬けが美味いと評判の村の出なれば、ゆめゆめ不足はあるまいぞ」

「初耳にございまする……」

「さもあろう。仲間の役者衆にも隠しておるらしいからの」

和馬も知らずにいたことを、どこで耳にしたのだろうか。

その点に触れぬまま、斉茲は命じた。

「時は一刻を争うぞ。菊弥の許に馳せ参じ、話をいたすのじゃ」

「御意」

逆らうことなく一礼し、和馬は速やかに退出する。

かくなる上は主君を信じ、一刻も早く動くのみであった。

和馬が夜更けの通りを駆け抜けていく。

折しも時刻は夜四つ（午後十時）前。町境だけではなく、長屋が並ぶ路地の出入口に設けられた木戸も閉じられる間際だった。

「済まぬな」

顔馴染みの木戸番に断りを入れ、和馬は路地に駆け込む。

ずらりと並んでいるのは棟割長屋。文字どおり屋根の棟から半分に仕切られていて広さが通常の長屋の半分しかなく、洗濯物を干すための庭も付いていない。

碌に役にありつけずにいた頃から菊弥が暮らす裏店は、ほとんどの店子が明かりを消して眠りに就いていた。

どぶ板を踏む音を立てぬように足音を忍ばせ、和馬は狭い路地を通り抜ける。

菊弥が借りているのは奥に近い一部屋。桟敷の客が芝居茶屋に設けた振る舞い酒の席から戻り、ちょうど寝間着に着替え終えたばかりだった。

「あら和馬さん。こんばんは」

微醺を帯びて向ける視線は、常に増して艶っぽい。

「夜分に相済まぬ。火急の用向きだ」

「事件ですか？」

　真面目な顔で見返され、酔いが些か醒めた様子であった。

　ほろ酔い気分が失せたのは和馬を部屋に上げ、人形町通りを見舞った災難に関する一部始終を知らされた後のこと。代わりのべったら漬けを手配するために力を貸してほしいと申し出られたときには、酔いは完全に醒めていた。

「私の村に……ですか」

「大殿様のお墨付きだ。合力してはもらえぬか」

「そんな真似をされても困ります。頭を上げてくださいな」

　手を突いて頼む和馬に恐縮しながらも、菊弥は首を縦に振ろうとはしなかった。

「つれないことを申すでない。おぬしも世話になっておる、人形町通りの皆が危機に瀕しておるのだぞ」

「お話は分かりますけど、危ういのは私も同じなんですよ」

「どういうことだ」

「今の興行がお名残狂言って呼ばれているのは、和馬さんもご承知の上でしょう」

「う、うむ」

「確かに練馬は近場ですけれど、行って帰るだけでも一日がかり……大事な舞台に穴をあけることになってしまいます」

「そこを曲げて頼めぬか」

「どうかご勘弁くださいまし」

幾度頼んでも、答えは同じであった。

無理もないことだろう。

菊弥は郷里の村を捨て、役者稼業に足を踏み入れたという。

一度も帰省していないことは、かねてより和馬も承知の上。

無沙汰をして久しい郷里に戻ること自体、気が進まぬのは分かる。

しかし他に頼る先が無い以上、何としても引き受けてもらいたい。

「このとおりだ、頼む」

「止めてくださいな、和馬さん。そもそも私は勘当されたも同然の身なんですよ」

「されど、人別から抜かれてまでは居らぬのであろう？」

「それはそうですけど……」

二人の押し問答は、深更まで続いた。

第二章　女形の里帰り

一

翌日、菊弥は思わぬ話を告げられた。

楽屋に入るなり呼び付けたのは、古株の女形。

他の役者たちに遠慮させ、二人きりになった上でのことだった。

「千秋楽まで休めですって……？　どういうことですか、兄さん」

「そんなに目くじらを立てなさんな。無駄に怒ると、せっかくのいい顔に皺が寄っちまうじゃないか」

憤りを隠せぬ菊弥を前にして、女形は煙管を吸い付ける。

楽屋に紫煙が漂い始めた。

「菊弥、あんた左の足を傷めてるだろ」

ずばりと告げられ、菊弥は無言で目を伏せる。

横を向いて煙を吹くと、女形は視線を前に戻した。

「お前さん、あたしの目を節穴だとでも思っていたのかい」

「いえ、そんなことは」

「端役でも所作事には決まりがある。お前さんみたいにただでさえ人様の目を惹く顔をしていれば尚のこと、ちょいとした間も外してもらっちゃ困るんだ」

「このくらい、何としても耐えてみせますっ」

「啖呵を切るのは科白の有る役が廻ってきてからにしな。一丁前の口を叩いて本番でしくじる役者を、あたしゃ両手の指に余るほど見てるんだ」

「………」

「気持ちは分かるけど、みんなのために大人しくしておいで。その代わり、座主さんにはあたしが話を付けておくよ。来年も菊弥を置いてくれって……ね」

「兄さん」

「料簡したなら早いとこ帰って休みな」

「……ありがとうございます」

しおらしく一礼し、菊弥は楽屋を後にする。

遠ざかる足音を耳にしながら、女形は灰吹きに雁首を打ち付けた。

こよりで羅宇の掃除をしているところに入ってきたのは、下足番の猪之吉だった。

「菊弥は帰ったのかい、猪之さん」

「ああ」

暖簾を潜った猪之吉は、女形の前に腰を下ろした。

白髪頭の小柄な老人は人形町通りの生まれ。この界隈の生き字引であるだけにとどまらず、中村座でも誰より年季が入っている。

「今日は遠慮せず、俺の肩を借りて草履を履いてったよ」

「そりゃ良かった」

ふっと微笑み、女形は猪之吉に煙草盆を差し出す。

「かっちけねぇ」

礼を述べ、猪之吉が取り出したのは芝居小屋の下足番らしからぬ銀煙管。

再び紫煙が漂い始める中、女形は楽屋の隅に向かって呼びかけた。

「もうよろしいですよ、窪田様」

「……かたじけない」

野太い声がすると同時に、衣装棚の脇に置かれた大風呂敷の包みが動く。

「後は口説くだけですよ。頃合いを見て、お出でなさいまし」

「その前に、ここから出してはもらえぬか」

「あら、気が付きませんで」

苦笑しながら腰を上げ、女形は結び目を解く。

「か、かたじけない」

重ねて礼を述べる和馬は汗まみれ。

六尺豊かな体を縮こませ、包みの中に隠れて様子を窺っていたのだ。

そうさせたのは、女形と猪之吉。

相談に来た当初は自分も立ち会うと和馬が言い張ったのを押しとどめ、任せておくように因果を含めてのことである。

人形町通りと芝居町は持ちつ持たれつの間柄。名物のべったら漬けが用意できずに名折れとなるのは、望ましいことではなかった。

「それにしてもおぬしたち、よく気が付いたな」

「菊弥の足のことですかい」

「恥ずかしながら、それがしには見抜けなかったのでな……」

「なーに、餅(もち)は餅屋ってやつでさぁ」

紫煙をくゆらせながら、猪之吉は続けて言った。

「あっしらは剣術(ヤットウ)のことは皆目(かいもく)分からねぇが、役者衆の所作事はガキの時分から見ておりやす。ちょいとでも無理をしていれば、すぐ目に付くんでね」

「それほどまでに悪いのか？」

「無理をさせなけりゃ大事はありませんよ。念のため、練馬との行き来は駕籠(かご)か馬に乗せてやってくださいましな」

「うむ、心得た」

さりげなく言い添えた女形に、和馬は即座に請け合(うあ)う。

菊弥には、郷里の村に口利きをしてもらえれば十分。無理に歩かせぬのはもちろんのこと、余計な手間暇などかけさせるつもりはなかった。

二

女形が淹れてくれた煎茶を喫して気分を落ち着け、汗も引いた和馬は、改めて菊弥の長屋に足を運んだ。

「あっ、かずまさんだ！」

「ねぇねぇ、あそんでよう」

木戸を潜って早々にまとわりついてきたのはまだ幼く、手習い通いをしていない子どもたち。男女の別なく、伸ばしかけの髪の毛を頭の上で結んだ様が可愛らしい。

「それがしは大事な用があるのだ。また今度な」

汗まみれの頭を撫でてやり、和馬は路地を進み行く。

菊弥の部屋の前まで来ると、障子戸が閉まっている。

「御免」

一声かけて、戸を開く。

「きゃっ」

悲鳴を上げて前を押さえた菊弥は、下帯まで外して着替え中。

手甲脚絆に下ろしたての草鞋と、旅支度を調えた上でのことだった。

「す、すまぬ」

慌てて顔を背けたところに、黄色い声が飛んできた。

「ははは、おこられてらぁ」

「したしきなかにもれいぎあり、だよう」

顔を真っ赤にした和馬を指差し、くっついてきた幼子たちは大笑い。

笑い声は木戸口まで聞こえていた。

「やれやれ、窪田の旦那もまだまだ無粋（ぶすい）だねぇ……」

木戸番の親爺は苦笑しながら、棚の草鞋と菅笠（すげがさ）を補充している。

長屋の木戸番は薄給を補うために、番小屋で駄菓子や荒物（あらもの）を商うことを認められている。菓子は近所の洟（はな）垂れ小僧が毎日買いに来てくれるので採算も取れるが、藁（わら）や竹製の荒物は滅多に売れない。長屋に戻ってくるなり鼻息も荒く、旅に入り用な品々を購った菊弥は久方ぶりの上客であった。

「草鞋を四足たぁ、ずいぶん張り込んでくれたもんだぜ。練馬だったら行って帰っても一足で足りるだろうに……ま、備えあれば患（うれ）いなしだろうぜ」

つぶやきながら立ち働いているところに、子どもらがぱたぱた駆けてきた。

「おっちゃん、あめをおくれ」

「はいよ」

差し出す小銭と引き換えに親爺が渡したのは、割り箸にたっぷりと絡めた水飴（みずあめ）。

乏しい小遣いを全員が出し合っても買えるのは一本きりで、代わりばんこに味わうのが毎度のため、おまけしてるのが常であった。

交代で大事そうに舐めながら、幼子たちは路地の向こうを見やる。

和馬に伴われ、菊弥がしずしずと歩いてきた。

旅装束をまとった姿は、いつもと違って凛々しい。

「親爺さん、留守をお頼みします」

「へい、任せておくんなさい」

心付けの包みを渡され、二つ返事で親爺は答える。

「おいらたちもみはってるからだいじょぶだよ、きくやにいちゃん」

「そのかわり、おみやげをかってきてね」

「はいはい、分かりましたよ」

期待を込めて呼びかけるのに笑みを返し、菊弥は歩き出す。

秋の空は晴れ渡り、絶好の旅日和であった。


人形町通りを後にした二人は、浜町河岸に足を向けた。

折しも福々堂から戻った三助が、斉茲の稽古の相手をしている最中だった。

「どうした、軸がぶれておるぞっ」

「も、申し訳ありませぬ」

「それ、次は突きじゃ」

「は、ははっ」

斉茲の打突を受け止めるのに、三助は大わらわ。

木刀を取り落としそうになりながら、懸命に立ち回っていた。

夜明け前から菓子作りの手伝いをして疲れているのを割り引いても、不甲斐ないと言わざるを得まい。

「大殿様」

「あの……」

「おお、大儀であるの」

明るい笑みで応じる斉茲は、今日も元気一杯。

対する三助は青息吐息。立っているのがやっとの有様だった。

「本日はこれまでじゃ。持ち場に戻り、しばし休んでおれ」

「ぎ……御意……」

三助は這う這うの体で一礼し、踵を返す。

「やれやれ、健脚なれど打物の扱いは半人前だの」

ふらつきながら遠ざかっていく姿に苦笑しつつ、斉茲は庭先で平伏していた二人に向き直る。

「苦しゅうない。菊弥も面を上げよ」

「恐れ入りまする」

「ほう、旅支度を調えて参ったのか」

顔を上げた菊弥に、斉茲は微笑む。

「こたびは雑作をかけるが、しかと頼むぞ」

「お任せくださいまし」

答える菊弥の声は明るい。

昨夜、訪ねてきた和馬に頼み込まれながらも頑として拒み通したのは、舞台に穴を開けることにより、立場を失いたくなかったが故のこと。

その心配がなくなった以上、もはや断る理由など有りはしなかった。

浜町河岸の下屋敷を後にして、和馬と菊弥はまず日本橋に向かった。

菊弥のみを駕籠に乗せ、和馬は徒歩である。

中山道を板橋まで辿り、平尾の追分から川越道中に入る。

最初の宿場である上板橋を過ぎれば、次は下練馬である。

富士塚で知られる浅間神社の一の鳥居前を通過して、更に一行は先を急ぐ。

「駕籠屋さん、その先を曲がってくださいな」

菊弥が指示を出したのは、下練馬宿を離れてしばし経った頃。

懐かしさに誘われたのか垂れを上げ、風を受けながら駕籠を走らせていた。

宿場から遠ざかった一帯は、見渡す限り田畑ばかり。

道しるべを兼ねた庚申塔が目立つのも、この界隈の特徴だった。

「隣村には、和馬さんの背より高いのもあるんですよ」

「まことか」

「はい。七尺に近いほどで……」

「それは興味深いな。話の種に見ておくか」

そんなことを話しながら進むうちに、小高い丘が向かって右手に見えてきた。

「あのクスノキは、家光公の御手植えなんですよ」

「大猷院様の？」

枝ぶりも見事な大木を菊弥に示され、和馬は素直に感心する。

丘の上に建つ、小さな祠は富士稲荷。

境内にそびえ立つクスノキは家光公が鷹狩りで訪れた際に参拝し、奉納した苗木が育ったものらしい。

和馬は日除けの笠を取り、一瞬立ち止まって目礼をする。

神仏が祀られた場所で参拝せず、通り過ぎる際の作法だ。

浅間神社の前を通り過ぎるときにも同様にしたのは、一刻を争うが故のこと。

すでに月は改まり、今日から十月。

恵比寿講の市が催されるのは十九日である。

べったら漬けを完成させるには半月を要するため、残された日数は少ない。何としても速やかに話をまとめ、取り急ぎ仕込みに取りかかってもらわねばならなかった。

道すがら聞いたところ、菊弥の村では大根作りこそ手がけているものの、べったら漬けは自家用のみ。立ち寄った者たちの口を通じて美味いと評判が広まっても、これまで他所に売ったことはないという。

（大殿もお鷹狩りの折、たまたまお召し上がりになられたとの由だったな……）

胸の内でつぶやきつつ、和馬は確信していた。

それほど価値が希少である以上、人形町通りへ売りに来てもらえれば、人気を呼ぶのは間違いない。

これは起死回生の好機である。

江戸っ子たちが味わったことのない、極上のべったら漬けを売りに出すことで災い転じて福と成し、矢野の鼻を開かしてやるのだ。

「首尾はおぬしの口利きにかかっておる。しかと頼むぞ、菊弥」

「分かっております。お任せくださいまし」

伴走しながら呼びかける和馬に、菊弥は自信を込めて答える。

中村座からお払い箱にされる心配がなくなったことで気持ちが晴れ、足の痛みも失せた様子であった。

三

菊弥の実家は村役人を代々務めているという、古い家だった。

名主の屋敷には及ばぬまでも構えは大きく、簡素ながら門も在る。

「ううむ、なかなかに見事な蔵だな……」

塀越しに土蔵を見上げ、和馬は感心した声を上げる。

「槍や刀もあるんですよ。父も兄も剣術にも凝っておりますので、和馬さんとはお話が合うことでしょう」

「左様に願いたいものだな」

門前に降り立つ菊弥に笑みを返し、和馬は駕籠かきに懐紙の包みを渡す。

「大儀であったな。些少だが酒手にしてくれ」

「すみやせんね、旦那」

「遠慮なく頂戴いたしやす」

ほくほく顔で受け取ると、二人の駕籠かきは立ち去った。

駕籠かきたちには三助への言伝を頼んである。無事に到着したことを知らせた上で朗報を持ちかえる所存だった。帰りは馬で下練馬の宿まで送ってもらい、新たに一挺雇えばよい。

「されば、参るか」

「ええ」

和馬と菊弥は頷き合い、年季の入った木戸門を潜る。

訪いを入れたのは和馬だった。

「御免」

「はい、ただいま」

返事をしながら出てきたのは、四十絡みの農婦。

上がり框に膝を揃え、頭を下げる様は折り目正しい。

年の頃から察するに、菊弥の嫂なのだろう。

「窪田和馬と申す。ご当主は居られるか」

「申し訳ありません、うちの人は寄り合いに出ております……」

恐縮しながら顔を上げた途端、農婦は陽に焼けた顔を強張らせた。

和馬の後ろに立っている菊弥に気が付いたのだ。

「き、菊次さん？」

「お久しぶりです、おはな義姉さん」

「ど、どうして帰ってきたんですかっ」

「驚かせちまってすみません。兄さんに頼みごとがありまして」

菊弥の浮かべる笑みは華やか。徐々に贔屓を増やしつつあるのも頷ける、素顔でも映える笑顔だった。

しかし、嫂のおはなは慌てるばかり。

「早く出て行ってくださいまし！　さもないと、お義父さまが」

「何事じゃ、騒々しい」

皆まで言わせず、割って入ったのは塩辛声。

見れば小柄な老人が、こちらを睨み付けている。

身の丈こそ低いものの、体付きは筋骨隆々。

着物も袖無しも木綿ながら、手入れの行き届いたものをまとっていた。

「菊次……」

「お久しぶりです、父上」

「何が久しぶりじゃ、たわけが！」

一喝を浴びせるなり、老人はずんずん歩み寄ってくる。

問答無用で菊弥を張り倒さんとしたのを、和馬は手首を摑んで止めた。

「邪魔立てするでないわ、若造っ」

「無体（むたい）にござろう。落ち着かれよ」

いきり立つのを宥（なだ）めながらも、和馬は手を離さない。

老人とは思えぬほど、膂力（りょりょく）の強い男であった。

「……浪人ではなさそうだな」

忌々（いまいま）しげに吐き捨てると、老人は和馬を振り払った。

「お前さん、いずれのご家中じゃ」

「肥後熊本五十四万石の前のご当主……細川斉茲様にお仕え申し上げておる者だ」

「何じゃ、隠居の側仕え(そばづか)か」

恐れもせずに、老人は続けて言った。

「儂らは天領(てんりよう)の田畑を耕す身。田舎大名の臣下など敬う(うやま)には値せぬわい」

「うぬっ……」

和馬は思わず眉を吊り上げた。

不敬極まる物言いだが、無礼討ちにするわけにもいかない。

菊弥の父である団三(だんぞう)が村の大根作りを取り仕切っており、べったら漬けの製法にも長じていることは、練馬に来るまでの道中で聞かされていた。

傷を付けてはならないのはもちろん、機嫌を損ね(そこ)てもなるまい。

「名乗りが遅れて相済まぬ……」

気を静めた上で、和馬は改めて団三を見返した。

「それがしは窪田和馬と申す。ご子息とは日頃より近所のよしみで昵懇(じっこん)にさせていただいておる故、同道いたした次第にござる」

「ふん、小遣い稼ぎに用心棒でも買って出たのか」

「いや。近隣の町の衆に成り代わり、商談をいたしに参ったのだ」

「商談だと?」

「まずはお邪魔させてもらおうか」

傲慢な物言いに立腹することなく、和馬は続けて申し出た。

菊弥ともども客間に通された和馬は、事の経緯を団三に語った。

おはなは茶と漬け物を運んで早々に引っ込み、姿を見せない。

供された大根は糠漬けだったが、水気も多く美味そのもの。

べったら漬けなら尚のこと、結構な味となるに違いない。

しかし、団三の態度は誠に食えぬものであった。

「左様な次第にござれば、どうかご助勢願いたい」

「……ふん、勝手な理屈を言うでないわ」

話を聞き終えても、団三は渋い顔のままだった。

和馬が話している間もずっと、後ろに座った菊弥を睨んでいた。

この親子の確執は、思った以上に根深いらしい。

それも団三ばかりが怒りを募らせ、不仲をこじらせていると思われる。

当の菊弥が青ざめていることから、自ずと察しがついた。

「父上……」

「やかましい」

視線に気付いた和馬が窘めても、無駄であった。

「お前さんに父親呼ばわりをされる覚えはない。そこの親不孝者を連れて、とっとと江戸に帰るがいい」

「待たれよ」

胸倉を摑まんと身を乗り出したのを押しとどめ、和馬は団三を睨み返す。

「ふん、いい度胸だな」

「おぬしこそ先程から、武士を相手に大したものだ」

「当たり前じゃ。そこらの二本棒に後れを取るほど、耄碌（もうろく）してはおらぬわ」

不敵に笑うと、団三は言った。

「儂に言うことを聞かせたいのなら、腕ずくで来い」

四

困ったことになってしまった。

「早う木太刀を取らんか、若造」

告げると同時に、団三が差し出した木刀は枇杷。

和馬が斉兹との稽古で日々用いている樫より値が張り、頑丈な代物だ。

手の内を利かせて一撃すれば無事では済まないだろうし、年寄り相手に本気を出すのも憚られる。

「どうした、若造？　今さら怖気づいたとは言わせぬぞ」

挑発する団三の口調は、板についたものであった。

日頃から和馬に限らず、相手を腕ずくで黙らせるのに慣れているのだ。

ここまで言われていながら引き下がっては、面目が立たない。

和馬個人にとどまらず、仕える主君である斉兹の、ひいては肥後熊本五十四万石の恥となってしまうからだ。

武士が戦いを辞さぬのは、主家の名を背負う身であればこそ。

たとえ農民が相手でも、挑まれたからには避けてはなるまい。

「謹んでお相手いたそう」

一言返すと、和馬は木刀を受け取った。

「ふん、でかいからと言うて調子に乗るなよ」

不敵に笑い、団三は先に庭へ降り立つ。

袖無しを脱ぎ、着物の裾をはしょっている。

裸足で地べたに立った動きを見れば、腕の程は自ずと分かる。

礼を交わして早々に右足を出し、半身となった構えも堂に入っていた。

(平晴眼……天然理心流か)

和馬が胸の内でつぶやいたのは近年、多摩郡を中心に江戸近郊の武州で流行りつつある流派の名前。

(この辺りには甲源一刀流が多いと聞いておったが、珍しいな)

農民が武芸を学ぶこと自体は、別に珍しい話ではない。宿場町を中心に博徒が横行する一方、夜盗の類もしばしば現れるため、自衛が必要とされたからだ。

旗本の江川家が代々務める伊豆韮山代官が武州一円を持ち場とし、関東取締出役も見廻ってはいるものの十分とは言い難く、火急の折は間に合わないため、独自に武芸を鍛錬し、御法に触れぬ範囲で武器を備えることが行われていた。

と言っても農民が所持することを許された刀剣は、刃長が二尺(約六〇センチ)に満たない長脇差のみ。菊弥の実家が刀槍を所蔵しているというのは、元は武家だったが故なのだろう。

(頑固親父め、よほど先祖を誇りに思うておるのだな……)

じりじり迫る団三を前にして、和馬はそう判じた。

江戸近郊には徳川が天下を取った後、帰農した武士が多い。有名なのは甲斐の武田家に仕えた旧臣たちで、半士半農の郷士として野良仕事に従事する一方、八王子千人同心の役目を仰せつかって、将軍の日光参拝の道中を警固する任まで務めている。

察するに、団三はそうした立場に憧れが強かったのではあるまいか。武家めいた口の利き方を好み、菊弥に父上と呼ばせていることから、左様に思える。

「かかって参れ、若造っ」

焦れた様子で団三が吠えた。

真剣ならば刃に当たる部分を、内側に向けている。

これは天然理心流に見られる、独特の構え方。

突きをかわされても横に薙ぎ、手傷を負わせることを想定しているのだ。

本身ならば有効な一手だが、木刀では致命傷にまでは至らない。

和馬が間合いを詰めたのは、団三が突きを見舞った瞬間だった。

手にした木刀を放り出し、素手になった上でのことである。

肩をかすめた突きをものともせず、近間に立って肩を摑む。

「御免！」

告げると同時に足を掛け、ぶわっと投げる。

口で幾ら説いても料簡せぬ以上、体で分からせるより他にない。それでも地べたに叩き付ける際には腕を引き、衝撃を和らげることを忘れなかった。

「相済まぬ。あれでも手加減をしたのだがな……」

「致し方ありません。お気に病まないでくださいまし」

和馬と菊弥は肩を並べ、富士稲荷の階（きざはし）に座っていた。

投げられて目を回してしまった団三のために医者を呼びに走り、手当てを済ませた上でのことだった。

「お察しのとおり、父は武士に憧れておりました。先祖代々の姓があっても表立っては名乗れず、家宝の刀も帯びられずに手入れをするばかり……亡くなった母が言っていましたが、若い頃は侍になると家出を繰り返し、始終お江戸をほっつき歩いていたそうですよ」

「好んでなるべきものとは思えぬが……切（せつ）ない話だな」

「私に手厳しいのは自分のことを差し置いて、好きなことを生業（なりわい）にしちまったからかもしれませんね……」

家光公が手植えしたクスノキを前にして、つぶやく菊弥の声は弱々しい。

「お役に立てずに申し訳ありません」

「いや、諦めるのはまだ早かろう」

励ますように和馬は言った。

「それがしが申すのも何だが、父上がしばらく起きられぬのはもっけの幸い。兄上と話を付けてはどうか」

「そうですねぇ、兄さんなら……」

ぎこちなく微笑みながら、菊弥は答える。

と、端整な顔が急に見えなくなった。

頭上から思い切りぶちまけられたのは、箕で掻き集めたと思しき枯れ葉と小枝。

「何奴だ！」

一喝を放ちざま、すっくと和馬は立ち上がる。

「ひいっ」

大の男をもたじろがせる気合いを浴びて、不心得者たちは動けなくなっていた。

「おぬしたち、いつまでも泣くでない」

「怖がらせたのは悪かった。したが、祠の屋根によじ登るとは悪戯が過ぎるぞ」

「だって、だって……」

「ごめんなさい、おさむらいさま」

「料簡したのであれば、それでよい。向後は二度といたすでないぞ」

和馬が境内に並ばせ、説教していたのは村の子どもたち。

菊弥に悪戯を仕掛けたのは、親の話を鵜呑みにしてのことだった。

「みんないってるよ。きくじにいちゃんはおおばかの、おやふこうものだって……」

「親不孝には違いないが、大馬鹿は言い過ぎだぞ」

泣きじゃくりながら訴えかけるのに、和馬は真面目に答える。

先程は大喝を浴びせたものの、今は静かに耳を傾け、穏やかに接していた。

もとより幼子には罪など有りはしない。

子どもは周囲の影響を受けやすい。

問題なのは菊弥を悪く言って止まずにいる、親たちの態度なのだ。

この様子では村を挙げてべったら漬けを仕込んでもらうどころか、大根を仕入れることさえも難しいのではあるまいか——。

暗澹たる思いに駆られたのが表情に出たらしい。

「おさむらいさま、まだおこってるの？」

「いや、左様なことはないぞ」

恐る恐る問う子どもに、和馬はぎこちなくも笑みを返す。

「もう泣くな」

頭を撫でてやっていると、境内に小さな子どもが現れた。

ようやく喋れるようになったと思しき、女の子である。

和馬の横を素通りし、立ち止まったのは枯れ葉を払い落としている菊弥の前。

じっと見上げて、にっこり笑う。

「きくにいちゃん、きれい」

うっとりした顔でつぶやき、そのまま菊弥にすがりつく。

無垢な憧れのままに振る舞う様を目の当たりにして、子どもたちは黙り込む。

「おぬしたち、この者がまことに大馬鹿と思うのか」

沈黙したのを見回して、和馬は言った。

「役者とは決して楽な稼業ではない。日々苦労を重ね、今日に至っておるのはおぬしたちの親御と同じなのだぞ」

「和馬さん、私は何も……」

菊弥が言いかけた刹那、一人の男が歩み寄ってきた。

顔立ちは菊弥に似ていて、端整そのもの。

日焼けした頑健な体付きをしていなければ、双子と見紛うほどである。

「左吉兄さん……」

「大事なかったか、菊次」

呼びかける声はあくまで穏やか。追い出された弟の身を案じ、寄り合いから戻って早々に探しに来てくれたのだった。

五

その夜、和馬は菊弥の実家に泊めてもらった。

左吉が許した上でのことである。

「父は眠っておりますので、ご心配には及びませんよ」

「かたじけない」

「こちらこそ、愚弟がお世話になっております」

左吉は家業に真摯なだけではなく、教養も豊かであった。

団三ともども天然理心流に入門し、武芸の鍛錬にも余念がないという。知勇兼備を見込まれて、関東取締出役の配下にと所望されているのも頷ける話であった。

「窪田様がご所見のとおり、父はあの年になっても未だお武家に憧れて止まずにおるのです。八州様からのお話も我がことのように喜んでおりましたが、もとより承る気はございません」

「それは賢明だ。労多くして報われぬ役目だそうだからな」

「何より家業に障りがございます。父に任せて家を空ければ、村の衆から突き上げを食いかねませぬので……」

言葉を濁し、左吉は徳利を取る。

「窪田様、どうぞ」

「うむ」

注がれた燗酒を一息に乾すと、和馬は言った。

「して左吉殿、べったら漬けの件にござるが……」

「先に申し上げたとおり、当家で漬けたぶんをお譲りすることは構いません。ですがそれでは足りぬでしょうし、お膝元まで運んで売るとなりますと、村の衆を頼るより他にありますまい」

「皆を説き伏せねば、埒は明かぬか……」

空にした杯を手にしたまま、和馬はつぶやく。

「私のせいですね」

傍らに座した菊弥が、いたたまれぬ様子で言った。

「子どもたちが分かってくれても、大人は違います。下手をすれば、兄さんのことも悪く言い出しかねないでしょう」

「弱気になってはいかんぞ、おぬし」

杯を置き、和馬は菊弥に向き直る。

「昼間の子らを見たであろう。おみちが褒めそやしたのを皮切りに、他のちびどももおぬしに群がっておったではないか」

「そうでしたねぇ。女の子ばかりか男の子にまで顔を触られて……。可愛い贔屓が増えたのは幸いでござんした」

「おぬしにはそれほどの魅力があるのだ。自信を失くしてはいかん」

「ありがとうございます」

力説する和馬に、菊弥は笑顔で礼を述べる。

そこに左吉が口を挟んできた。

「あの、窪田様」

「うむ」

「弟の芝居は、お江戸の皆さんに通じておるのでございましょうか」

「……有り体に申さば、芸はまだまだと評されておる。したが、見た目は群を抜いて映えると評判だ」

「ということは、人目は十分に惹けるのでございますね。確かに村に居った頃よりも垢ぬけて、我が弟ながら、なかなかに……」

実感を込めてつぶやくと、左吉は思わぬことを告げてきた。

「ここはひとつ、村の衆に披露させてはどうでしょうか」

「芝居を見せよということか」

「百聞は一見に如かずと申します。もとより楽しみも少なき村暮らし。喜ばれるのは請け合いにございますよ」

「されど、何も持ってきてはおらぬぞ」

「村芝居のものでよろしければ、衣装も道具もございます。弟にしてみれば勝手知ったる備えですので、役に立ちましょう」

「まことか、菊弥？」

「はい。秋の祭りで毎年……私が義経公、兄が富樫に扮するのが毎度のことにございました」

和馬に答える菊弥は懐かしげ。

「おぬしの芝居の始まりはそこだったのか……うむ、試みるに値しそうだな」

「決まりですね」

頃や良しと見て、左吉が微笑む。

「お社に舞台を用意させましょう。窪田様もお頼みしますよ」

「そ、それがしにも芝居をせよと申すのか⁉」

「我ら兄弟だけでは、せっかくの勧進帳も絵になりますまい。急ぎ科白を覚えていただきましょうか」

「こ、心得た」

目を白黒させながら、和馬は頷く。

思わぬことになったものだが、乗りかかった船を沈めるわけにはいかない。ここが正念場と心得て、真摯に取り組むのみだった。

六

左吉の手配は速やかだった。

村の衆に明かすことなく、準備をするのに使役したのは抱えの作男衆。

「菊次さまの義経公たぁ、久しぶりだな」

「しかも華のお江戸帰りと来れば、孫子の代までの語り草だぁ」

浮き浮きしながら大小の道具を揃える素振りに、含むところなど有りはしない。

衣装と化粧の係を買って出たのは、おはなと女中たちである。

「しっかりね、菊次さん」

嬉々として義弟を励ます一方、おはなは和馬を持ち上げることも怠らなかった。

「まぁ、よくお似合いですこと」

「ま、まことか？」

「目鼻立ちがはっきりしておられますから、隈取も映えるのでございますよ」

「ううむ、妙な心持ちだな……」

差し出す鏡を眺めるほどに、和馬は当惑するばかり。

それにしても、菊弥の姿は見事であった。

「和馬さん、もう一度！」

科白に詰まる和馬を叱咤するのにも、日頃の遠慮は皆無。

足の痛みをものともせず、通し稽古にも音を上げはしなかった。

花形の役に扮したことで、菊弥は変わったのだ。

図らずも故郷に錦を飾ることとなったのを、もはや臆してはいなかった。


かくして迎えた芝居の当日、富士稲荷の境内に村じゅうの人々が押し寄せた。

「きくじにいちゃーん！」

「かずまさまー‼」

クスノキを揺るがさんばかりに黄色い声を張り上げる子どもらの前では、親たちも悪口など叩けない。それでも最初は冷やかし半分だったらしいが、幕が上がって早々に態度は変わった。

「おい、あれはほんとに菊次なのかい……？」

「村芝居で役者の真似事をしてた頃とは、まるで別人じゃないか」

「さすがは中村座の役者さまだねぇ」

「ほんとにいい男っぷりだよう。うちの亭主とは大違い……」

男たちは口を開けて驚き、女たちはうっとり見惚れるばかり。弁慶に扮した和馬の芝居が拙くても、大して気にはしていない。

一方、富樫役の左吉は慣れたもの。

「いかにそれなる強力、止まれとこそ」

お供になりすまして安宅の関を通り抜けようとした義経を足止めする見せ場もそつなくこなし、続いて弁慶が疑いを晴らすために打ち据える名場面では、和馬が手加減をする余りに空振りした金剛杖を奪い取り、

「それでは足りぬ。まだまだ足りぬ。それそれそれ」

と代わりに打って間を繋ぐ芸当まで、見事にやってのけたのだった。


翌日早々から、べったら漬けの仕込みが始まった。

秋大根を惜しみなく用いての作業は、村の衆の総がかり。

熟練を要する本漬けは、団三が買って出てくれるという。こっそり床を抜け出して富士稲荷に独り赴き、喝采を集めて幕となった芝居の一部始終を目の当たりにした上でのことだった。

「よいな、心得違いをいたすでないぞ。武士は相身互いなれば、窪田殿の顔を立てて差し上げるだけのことじゃ」

「ありがとうございます、父上」

くどくどと念を押す老父に礼を述べる、菊弥の表情は晴れやか。

今すぐには難しくとも、いずれ和解に至ることだろう。

「されば参るか」

「はい」

明るく笑みを交わし合い、和馬と菊弥は村を後にする。

留守の間に人形町通りで新たな事件が起きているとは、夢想だにしていなかった。

第三章　人形市の再会

一

福々堂で事件が起きたのは、和馬と菊弥が練馬へ赴いた日の夜だった。

「おそめ、土蔵の鍵を知らないか」

「何を言ってるんです、お前さん」

廊下を駆けてきた喜平に詰め寄られ、おそめは怪訝そうに問い返した。

「蔵の鍵ならあたしはもちろん、番頭さんにも持たせないのが昔っからの決まりじゃありませんか。まして今は、大事なお人形を預かっているんですよ」

「そ、その人形が、見当たらないんだよ……」

「えっ」

血相を変えて告げる夫を前にして、おそめは愕然。

信じ難い話には続きがあった。

「誰かが俺の部屋から鍵を持ち出して、錠前を開けやがった……まさかと思って人形の入ってる箱を検めたら、ぜんぶ空っぽで……まさか俺の代で、こんなことになっちまうなんて……」

終いまで言えず、喜平は茫然とへたり込む。

「お、お前さん」

すがりつくおそめも、真っ青になっていた。

跡形もなく消え去ったのは、べったら市に先駆けて催される人形市の売り物となる市松人形。多吉らが仕事の合間に丹精を込めて造り上げ、福々堂の土蔵で保管されていたものである。

江戸じゅうから客が集まる人形市は、界隈の一同にとっては格好の稼ぎ時。人形町通りの存在を世に知らしめる上でも、べったら市と並んで大事な催しだった。

その市を彩る人形たちがことごとく、何者かに盗み出されてしまったのだ。

福々堂は町代として、人形町通りの皆をまとめる立場。

日頃から信頼を寄せられているが故に毎年預けられてきた、大事な人形を根こそぎ奪われるなど、有ってはならないことだった。

急を聞いて駆け付けた廻方同心は、北町奉行所の杉田五郎。月番は南町にも拘わらず、五郎を呼んだのはおしのである。

「相変わらずしっかりしてなさるねぇ、おしのさん」

事情を訊き終えた五郎は、安心させるかのように言ったものだ。

「南の重井なんぞに任せたら、あちこち触れ回って騒ぎを大きくしていたことだろうよ。他人様の面目なんざ、毛ほども考えちゃいねぇ奴だからなぁ」

太り気味の体を揺すって苦笑する五郎は、斉兹の謎解きを手伝う仲間の一人。手柄を立てるために知恵を拝借することもしばしばだが、斉兹と和馬の主従が肩入れする人形町通りを無下には扱わず、誰であれ親身になって話を聞くのが常であった。

「ありがとうございます、杉田様」

気丈に礼を述べるおしのの周りには、奉公人の一同が顔を揃えていた。

番頭に手代、抱えの職人衆に小僧たち。

思い詰めた余りに倒れてしまった両親に代わり、おしのが集めたのだ。

「ほんとに構わねぇんだな、おしのさん」

「はい。もちろん私のことも、同様にお取り調べくださいまし」

「それを聞いて安心したぜ」

おしのの答えを耳にした上で、五郎は一同に向かって告げた。

「お前さんたちを疑うのは心苦しいこったが、事が事なんでな……料簡してくんな」

断りを入れた上で始めたのは全員を尋問し、部屋と所持品まで検めること。

手伝ったのは抱えの岡っ引きとその配下の下っ引き衆の中でも、口の堅い者のみ。

五郎は全体を半分に分け、残る半数には市中の探索を命じた。

福々堂の内部を調べるのと同時に、消えた人形の行方を追わせたのだ。

この界隈で暮らす人々のほとんどは、事件が起きたことに気付かずにいる。

精魂を傾けた品々を盗まれた人形師たちにだけは密かに明かしたものの、余人には漏らさぬように念を押してある。

人形町通りの皆が何も知らずに眠る中、探索は夜を徹して続行された。

しかし消えた人形は影も形も見当たらず、発見されたのは土蔵の鍵のみ。

持ち去られたのかと思いきや、路地の芥溜め（ごみため）に放り込まれていたのである。

「ふざけやがって！」

奉公人たちの尋問中は決して声を荒らげずにいた五郎が、知らせを受けて毒づいたのも無理はなかった。

二

翌朝、五郎は浜町河岸の熊本藩下屋敷を訪れた。

三助が表に出てくる頃合いを見計らってのことである。

「杉田殿？」

「福々堂の手伝いだったら、今日は行くには及ばねぇぜ」

「勿体(もったい)を付けないでくれ。何としたのだ」

「厄介(やっかい)な事件(こと)が起きちまってな、大殿様に御取り次ぎを願いてぇんだが」

「……入られよ」

三助は潜戸(くぐりど)を開け、五郎を先に通して中に戻る。

斉茲には火急の際は時分を問わず、取り次いで構わぬと日頃から言われている。

いつも余裕を失わぬ五郎が思い詰めているとなれば、看過はできまい。

折しも斉茲は目を覚まし、布団の中でゆるゆると四肢を動かしていた。

老いた五体を十全に保つため、自ずと身に着いた習慣である。

今朝も滞りないのを確かめ終えた頃、縁側から人の気配が漂ってきた。

「三助か」

「ははっ」

「何用じゃ」

「北町の杉田殿がお越しにございまする」

「苦しゅうない。通せ」

「御意」

雨戸越しに言葉を交わした後、斉茲は起き上がる。

三助が雨戸を開く音がする。

まだ日は昇っていないため、障子の向こうは暗い。

「失礼をいたしまする」

先に入室した三助が、行灯に火を燈す。

後に続いて、五郎が神妙な面持ちで現れた。

「夜明け前から申し訳ありやせんね、大殿様」

「こちらこそ、白衣(びゃくえ)のままで相済まぬの」

寝間着姿で上座に着き、斉茲はじっと五郎を見返した。

恐縮しきりで平伏する、五郎の鼻の下と顎には無精髭。

月代もまだ剃っておらず、昨日から探索にかかりきりだと一目(ひとめ)で分かる。

目が細いのは元々だが、今朝はいつになく疲労の色が濃い。

「よほどの大事が起きたらしいの」

「恥ずかしながら、まるで見当が付きやせん」

「苦しゅうない故、まずは話を聞かせよ」

子細を問うことなく、斉茲は三助に目配せする。

前に文机が据えられたのに続き、硯箱と半紙が運ばれた。

淡い灯火の下で斉茲は墨を磨り、筆を執る。

五郎の報告が終わるまで眉ひとつ動さず、じっと耳を傾けながら、事の次第を半紙に書き連ねていく。すべてを聞き終えたときには、夜は明けていた。

控えていた三助が無言で立ち上がり、行灯の火を消した。

「……何はともあれ、差し迫った人形市を無事に乗りきらせるのが先だのう」

障子越しに射す朝日を浴びながら、斉茲は所見を述べた。

「あるじの他に立ち入りを許されぬ蔵に、その蔵から忽然と消え失せた数多の人形か……どこを取っても興味深い限りなれど、今は謎解きを楽しんでおるどころではあるまい。そのほうも手柄を立てたいのは山々だろうが、自重いたせよ」

「へい。最初っから、そのつもりでございますとも」

うそぶく五郎の態度には、いつもの豪胆さが戻っていた。

「ならばよい」

穂先を調えて筆を置き、斉茲は微笑む。

文机には書き込み済みの半紙の束が、二つに分けて置かれている。

一つ目の束には福々堂で働く面々の名前がずらりと並び、五郎が語った一人一人の取り調べの結果が余さず記されていた。新入りの小僧まで含めた全員の名前は、和馬がもたらす日々の知らせを通じて知るに及び、記憶したものだった。

二つ目の束に書かれているのは、こたびの事件のあらゆる可能性。

人目を避けて庭の土蔵に近付けた者、そして福々堂から怪しまれずに大量の人形を持ち出せたかもしれない者をそれぞれ挙げるにとどまらず、三助ばかりか五郎が咎人であった場合のことまで想定されていた。

「あのー大殿様、まさか俺を本気で疑っていなさるわけじゃねぇでしょうね」

「当たり前のことを訊くでない。もちろん本気ぞ」

「そいつぁ殺生ってもんですぜ」

ぼやく五郎の装いは、黄八丈の着流しに巻羽織。

五つ紋付きの黒い羽織の裾を内に巻き、帯の後ろに挟むのは江戸市中で事件の探索に専従する、廻方の同心たちに独特の装いである。

咎人を捕縛する御法の番人の証しとして、町奉行から朱房の十手を授かった廻方は南北それぞれ百名の同心から選ばれた六名のみ。その一人である五郎が盗人呼ばわりをされては、苦りきるのも無理はなかった。

「安堵せい。何もそのほうだけを疑うてはおらぬ」

渋い顔でぼやく様を苦笑しつつ、斉茲は答える。

「謎解きをいたす上で身贔屓は禁物じゃ。それなる三助は申すに及ばず、窪田ということも有り得ると儂は考えておるのだ」

「大殿様、それはさすがに勘繰りすぎってもんでござんしょう」

聞き逃せずに五郎は言った。

「和馬さんなら菊弥と一緒に、昨日は練馬に泊まったんですぜ」

「左様……事が起きたのが昨日の内ならば、疑うには及ぶまい。したが喜平は三日も前から、蔵を開けてはおらぬのであろう」

「そのとおりでさ。多吉が最後に仕上げた人形を運んだ後は、ずっと閉めきっていたそうでございやす」

「その人形の箱も空になっていたのだな」

「へい。この目でしかと確かめやしたが、影も形もございませんでした」

「それにしても多吉が最後になったとは解せぬのう。あやつは日頃より仕事が早いはずだが……」

「そいつぁ無理もありやせんよ、大殿様」

白髪首を傾げる斉茲に、五郎は庇うような口ぶりで言上した。

「何でも多吉は今年から人形師仲間が仕上げたもんを全部預かって、細かい細工を手直しした上に、福々堂の蔵に収める役目まで受け持っていたそうですぜ」

「まことか」

「みんな食い扶持(ぶち)の浄瑠璃人形にかかりきりで忙しいはずだからって、手前から申し出たそうでございやす。多吉といえば仲間内の誰もが認める腕利きですし、人形師の連中も安心して任せたんでござんしょう」

「うーむ、左様な次第であったのか……」

五郎の口上を聞き終えて、斉兹は押し黙る。

「……そうとも知らずに二体も申し付けたのは、酷だったかもしれぬのう……」

しばしの間を置いてつぶやいたのは、自責の念を込めた一言。

ともあれ、今は人形市を無事に催す策を講じるのが急がれる。

「杉田は常の如く出仕いたせ。朋輩（ほうばい）の同心はもとより上役の与力にも、ゆめゆめ気取られては相成らぬ。余人に知れれば自ずと噂が広まり、市の客足に障るからの」

「へい、心得やした」

「うむ」

かしこまって答えるのに頷くと、斉兹は三助に視線を向ける。

「そのほうは人形師たちを連れて参れ。直々（じきじき）に話してみようぞ」

「御意」

「それからの、女房も必ず同道させよ」

「連れ合いを……でございまするか？」

「思案があってのことじゃ。四の五の申さずに、疾（と）く参れ」

戸惑う三助に、斉兹は有無を言わせず命じる。

それぞれ指図を受けた二人は。早々に下屋敷を後にした。

「さて……」

斉茲はひとりごちると腰を上げ、違い棚から巻紙を持ってくる。

折り目正しくしたためたのは、上屋敷に宛てた文。末尾に花押（かおう）を入れたのは立場を示した上で意向を伝える、正式な文書の証しである。

「誰かある」

呼ばれて馳せ参じたのは下屋敷に詰め、身の回りの世話をしている腰元だった。

「お呼びにございますか、大殿様」

「これなる文を、龍ノ口に届けよ」

「御上屋敷へのご用向きですか？」

「子細はしたためてある故、一読いたさば分かる。そのほうは早々に届けてほしいと斉茲が申しておったとだけ伝えればよい。姉上に仕えておった者たちなれば、遠慮は無用と心得よ」

「まぁ、相も変わらず我が儘勝手であらせられますこと」

「儂に限ったことではあるまい。人は誰しも、老いれば生まれた年に戻るものぞ」

「ほほほ……還暦でしたら、疾（と）うの昔にお迎えあそばされたではございませぬか」

口許を押さえて苦笑いする腰元は、髪に白いものが目立つ歳。

元は奥勤めをしていたと見受けられる気品を備える一方、斉茲と接する態度は打ち解けたものであった。

「されば頼むぞ」

腰元を退出させた斉茲は、文机の前に座り直す。

再び筆を執り、まずは半紙、続いては画仙紙に墨で何やら描いている。

時が残り少ない中、如何なる手を打つつもりなのか。

人形市が催されるのは明後日。

今日の内に見通しを立て、明日じゅうに準備を終えねば間に合わない。

すべては人形町通りを救わんと切に願う、斉茲の胸の内に秘められていた。

三

程なく、人形師と女房たちが下屋敷に集まってきた。

三助が一同を迎えたのは、斉茲の私室と敷居を隔てた次の間。

全員が揃ったところで仕切りの襖を開き、対面させるつもりだった。

人形町通りの人々と馴染んで久しい斉茲であるが、大勢を下屋敷に招いたのはこれが初めてのことだった。

一人二人であれば縁側に控えさせて話をすれば事足りるが、頭数が十を超えていてはそうもいかない。

集めた三助としては粗略に扱うわけにはいかず、さりとて斉茲への礼儀を略させるのも憚(はばか)られるため、それほど広くもない次の間に通したのだ。

今は隠居の身とはいえ、斉茲は五十四万石の元藩主。

席を同じくできるのは家格が等しい大名と、大身の旗本に限られる。

町の人々と親しく接することなど、本来ならば有り得ぬ立場なのだ。

お忍びで市中に出かけた折であればともかく、屋敷内で対面させるからには最低限の礼儀を払わせなくてはなるまい。

その点は、呼ばれた人形師たちも承知している。誰も文句を言うことなく、隣同士で肩をくっつけ合うようにして、全員が揃うのを待っていた。

息を弾ませ、多吉とおぶんが庭に駆け込んできた。

「すみやせん」

「遅くなって申し訳ありません。出がけに急な注文が入りましたもので……」

言葉少なに詫びるにとどめた多吉をよそに、おぶんは言い訳しきりだった。

「どうぞお座りなさいまし」

　おぶんの言葉を遮り、三助は二人を速やかに席に着かせる。

「皆さん、頭を下げてお待ちください」

　続く指示を受け、一同は揃って平伏する。

　それを見届けた三助は、部屋の境の襖を開く。

　斉茲は背筋を伸ばし、奥の上座に着いていた。

　脇息が後ろに置かれているのは、武家同士で対話する際の作法に則してのこと。

　相手が目下であっても礼を失さず、一同を迎えたのである。

「苦しゅうない。楽にいたせ」

　まずは頭を上げさせると、続けて呼びかける。

「ちと遠いの。皆、こちらに参れ」

「と、とんでもございやせん」

「め、滅相もねぇ……」

　口々に恐縮するのに構うことなく、斉茲は言った。

「遠慮は無用じゃ。近う」

「そ、それじゃ、お言葉に甘えまして……」

まずは古株の人形師が膝立ちになり、おずおずと敷居を越える。

他の者たちも座敷に入り、斉茲の前に並んで座る。

「こたびは災難だったらしいの。くれぐれも気を落とすでないぞ」

「恐れ入りやす、浜町様」

古株の人形師が礼を述べたのに続き、一同は深々と頭を下げる。

「面を上げよ」

にこやかに告げるなり、斉茲は表情を引き締めた。

「話はこれからが本題じゃ。心して聞くがよい」

「えっ？」

「どういうことですかい、そいつぁ」

「静かにせい」

ざわつくのを黙らせると、一同に向かって告げる。

「儂も同情を禁じ得ぬが、今を限りに悔いるのは止めにせい。災い転じて福と成すが肝要と心得て、しかるべく手を打つのじゃ」

「そのことでしたら、どうかご心配をなさらないでくだせぇまし」

告げられるなり、古株の人形師が憮然と答えた。

居並ぶ他の面々も、態度は同じ。

恐縮しきりの態（てい）から一転し、迷惑そうに見返している。

人形師たちは何も、斉茲に泣きつくために足を運んだわけではなかった。

この屋敷に全員が呼び集められたのは、いつもの謎解きに付き合わされるためだとばかり思っていたのである。

人形を盗んだ輩（やから）の目星が付くのであれば喜ばしいことであるし、斉茲も日頃の付き合い上、慰めの言葉を掛けてやろうという所存なのかもしれない。

そんな気持ちで訪ねて早々、上から物を言われては面白かろうはずがあるまい。

彼らの本来の気質を鑑（かんが）みれば、無理からぬことだった。

通りの名前の由来となった浄瑠璃芝居の人形師は、この界隈で暮らす者にとっては誇りと言うべき存在だ。

そして年に一度の人形市は江戸じゅうから客が集まる、誉れの催しなのである。

肝心の売り物が根こそぎ消えてしまったからといって、このまま当日を迎えるわけにはいかない。

人形町通りの恥は、その名を担う身の面目にも関わる一大事。

天下に恥を晒すことは何としても避けなくてはなるまいが、さりとて斉茲の知恵を好んで借りたいわけではないのだろう。

江戸っ子は向こう意気の強さが身上。

武家の威光に屈するのを潔しとせず、とことん逆らい抜くのが粋とされている。

馴染んで久しい斉茲とて、やはり武士には違いない。しかも外様の諸大名の中では指折りの大藩として知られる、肥後熊本五十四万石の元藩主なのだ。

予期せぬ事態に見舞われたからと言って、軽々しく頼るべきではあるまい――。

「ふっ、頼もしいのう」

張りつめた雰囲気は、微笑み交じりの声によって破られた。

気色ばむ人形師たちを笑顔で見返し、斉茲は続けて言った。

「皆、良き面構えをしておるのう。男子一生の仕事に就いたからには、そうでなくては務まるまい」

一同に告げる口調は、あくまで穏やか。

それでいて、前に向けた視線は力強い。

「そのほうらに比べれば新参者なれど、儂もこの地に愛着深いのは同じこと。立場の違いは抜きにして、力添えをしたいのじゃ」

「浜町様……」

「この屋敷に居を定めたのは近年のことだがの、儂が江戸参勤のたびに人形町通りと芝居町に通い詰めておったのは、そのほうらも存じておろう」

「もちろんでございますよ。うちの店も毎度ご贔屓に与って（あずか）おりましたもの」

口を挟んだのは人形町通りで煮売屋を営む、古株の人形師の女房。

「ありふれた豆腐汁とおまんまに漬け物だけの定食を、浜町様はいつも美味（おい）しそうに召し上がってくだすって……」

「ははは、大名家の食事は生ぬるいのが習いだからの。あの頃は汁も飯も熱々というだけで格別だったのじゃ」

懐かしそうに微笑む斉茲の態度に、含むところなど有りはしない。

人形師たちの意固地（いこじ）な気持ちを解きほぐすには十分な、邪気（じゃき）の無い笑顔だった。

四

斉茲は改めて、一同と言葉を交わした。

「されば、そのほうらは木彫りの人形を造りながら売る所存であったか」

「少しずつでも造りながら売っていれば何とか格好がつきやすし、俺たちの腕も客に披露できますんでね」

「ふむ、目の付け所は悪くないの」

古株の人形師の言葉に頷いた上で、斉茲は問い返す。

「したが、そのほうは大事なことを見落としておるぞ」

「大事なこと、でございやすか？」

「毎年の人形市を賑わしおるのは誰じゃ」

「そりゃもう、子ども連れで」

「そうであろう」

「ですので、ちびたちが喜びそうな熊（くま）や猪（いのしし）、鹿（しか）や猿（さる）なんぞを彫ればいいんじゃないかって話になったんでございやすよ」

「それが短慮だと言うておるのだ」

「どういうこってす、浜町様」

「人形を好んで購うのは、老いも若きもおなごじゃぞ」

「あ……」

ずばりと告げられ、人形師たちは絶句する。

「ほらお前さん、あたしの言ったとおりじゃないか」

啞然としている古株の人形師の肩をどやしつけ、痩せぎすの女房がぼやく。

「木彫りの熊だの猪を喜んで買っていくのは、せいぜい髷上げ前の洟垂れ小僧ぐらいのもんさね。それもお金を出してくれるのは親なんだよ。どうせ彫るんなら招き猫のほうがよっぽど売れるだろうさ」

「おい、そこまで分かっていたんなら、どうして先に言わねぇんだい」

「仕方ないだろ、甚六さん」

目を剝く古株の人形師を止めたのは、樽の如く肥え太った他の女房。

「あんたらが面を突き合わせて寝ずに考えたことを、あたしたちが笑い飛ばすわけにいかないじゃないか。かよちゃんの身にもなっておやりな」

「そうですぜ、兄い」

「おいらも賛成はしたけど、実はどうかと思っていたんだ」

若い人形師たちも口々に言った。

「ちっ、どいつもこいつも勝手をぬかしやがって」

甚六は毒づきつつ、女房を張り倒さんとした手を下ろす。

「ふっ、一本取られたようだの。したが腐ることはあるまいぞ」

斉茲は苦笑しながら言い添えた。

「目の付け所は悪くないと言うたであろう。そのほうが至らなんだのは職人の意地を重んじる余り、利を得るのを脇に置いたことじゃ」

「そりゃもちろん、俺だってひと稼ぎしたいのは山々でございやすよ」

「ならば余技を披露するにとどまらず、本業を客に見せてはどうかの」

「本業って、浄瑠璃人形のことですかい」

「もとより売り物には非ざる故、露店にて常の仕事に勤しんでおればよい。座主から早く仕上げよとせっつかれておるのであろう」

「そいつぁ助かりますけど、見られるだけじゃ儲けなんぞ出ませんぜ」

「早合点をいたすでない。稼いでくれるのは、そのほうらの女房たちじゃ」

「俺たちの、かかあが……ですかい?」

「案じるには及ばぬぞ。売り物はすでに考えてある故な」

訳が分からぬ甚六に微笑みを返し、斉兹は後ろに手を回す。

脇息の下に敷かれていたのは、半紙と画仙紙。

五郎の報告を聞きながらまとめた、こたびの事件の見立てではない。

三助と腰元を使いに出した後、描き上げた絵であった。

「すべて同じものじゃ。枚数に限りがある故、夫婦で一枚ずつ持ち帰るがよい」

あらかじめ注意をした上で、斉茲は三助に半紙を配らせた。

描かれていたのは目鼻のない顔をした、赤子の如き姿の縫いぐるみ。

簡素な造りながら、頭巾と腹掛けを着けた姿が微笑ましい。

「さるぼぼと申すものじゃ。存じておるか、甚六」

「へい。たしか飛騨のお国言葉で、猿の赤んぼって意味でござんした」

「左様。元は幼子の病除けだったそうだがの……」

しみじみと語りつつ、斉茲は画仙紙を取る。

「これが基となる姿じゃ」

立ち上がって掲げたさるぼぼの絵は、あらかじめ色が塗られていた。

まるい顔と寸の詰まった胴、尖った手足は赤く、頭巾と腹掛けだけが黒い。

「まぁ、色がつくと可愛いこと」

「うちの子にも作ってやりたいねぇ」

「そうしてやるがよかろうぞ。ただし、人形市を無事に乗りきった後にせよ」

女房たちが口々につぶやく中、斉茲は一同に向かって告げた。

「見てのとおりの造りなれば、大した手間はかかるまい。今から始めてもそれなりの数が揃うであろうし、店先で注文を受けてから縫い始めても、客を長くは待たせずに済むはずじゃ」

「成る程ねぇ、縫いぐるみも人形には違いねぇやな」

合点がいった様子で、甚六がつぶやく。

木彫りの人形を売るのを止められたのも、思えば当然だった。

女の子は総じて人形を大事にする。

飾るだけにとどまらず、抱いて愛でるのに適したものならば、尚のことだ。

その点、さるぼぼは申し分のない売り物である。

子どもに限らず大人の女性にも喜ばれるだろうし、小さい形に縫えばお守り代わりに持ち歩くこともできるため、客層は格段に拡がるに違いない。

「さすがは浜町様だ。こいつぁ人気になりますぜ」

「あの、よろしゅうございますか」

感心しきりの甚六に続き、女房のおかよが問うてきた。

「仰せのとおり、これならあたしたちでもお役に立てそうですけれど、まとまった量の布と綿を仕入れるには、お金が……」

「心配いたすな。すでに手は打ってあるからの」

待っていたと言わんばかりに、斉茲は微笑む。

廊下を渡る足音が聞こえてきた。

「おーい三助、早く来てくれ。俺っちだけじゃ手に負えねぇよう」

泡を食って駆け付けたのは三助と共に働く、下屋敷詰めの中間だった。

「ふっ、布と綿が届いたようだの」

二人して門前へと急ぐ背中を見送り、斉茲は微笑み交じりにつぶやく。

「そのほうらが集まる前に、上屋敷に使いを送っておいたのじゃ」

「それじゃ、細川の殿様にお申し付けになられたので？」

「左様。正しく申せば、奥向きに……の」

驚く甚六に斉茲は言った。

「そのほうらも知ってのとおり儂は細川の分家より養子に入った身だが、その前には姉上が本家に正室として嫁いでおっての。当時の腰元たちが今は上屋敷の奥を取り仕切っておる故、多少の無理は利くのじゃ」

そこに三助が戻ってきた。

一同の前に置くなり開けて見せたのは、赤と黒の布がぎっしりと詰まった葛籠。

「同じ葛籠が幾つも荷車で運ばれて参りました。綿も後ほど届くそうです」

「それは重畳……」

満足げに微笑む斉茲に、三助は葛籠から取り出した風呂敷包みを捧げる。

「こちらは合わせてご所望の裂(きれ)とのことで……」

「うむ」

斉茲が手ずから包みを解き、取り出したのは色とりどりの端切(はぎ)れだった。

端切れといっても行商人が竹竿に吊るして町中で売り歩く、木綿や麻とは違う。

名物とまではいかずとも見るからに値の張りそうな、金糸や銀糸を織り込んだ布の切れ端が、丁寧に重ねて包まれていたのだ。

「まぁ……」

「こんな織物、生まれて初めてお目にかかったよう」

「きれっぱしでも有難みが違うねぇ」

「元はお姫様のお召しもんだったのかもしれないね……」

女房たちが娘の時分に戻ったかの如く、黄色い声を上げたのも無理はない。

「これは懐具合の豊かな客向けじゃ」

期待に違(たが)わぬ反応を前にして、嬉々としながら斉茲はうそぶく。

「並の頭巾と腹掛けでは物足りぬと注文を付けられたらば、贅(ぜい)を尽くして縫うてやるがいい。いずれ劣らぬ逸品なれば、少々吹っかけても構うまいぞ」

「そんなに値の張るもんを、遣わせていただいちまってよろしいんですかい」

恐る恐る、甚六がお伺いを立ててきた。

「大事ない。案ずるには及ばぬと申したであろうが」

「恐れ入りやした」

豪気な答えに感じ入り、甚六は深々と頭を下げた。

「大殿様」

今まで黙っていた多吉が、おもむろに口を開いた。

「俺たちは、ほんとに浄瑠璃人形を拵えているだけでよろしいので？」

「左様に申したであろう。常の如くにいたせばよいのじゃ」

気負うことなく、斉茲は答えた。

「そのほうらは昨日から仕事の手が止まっておるのであろう。人形市の仕込みは女房たちに任せ、遅れを取り戻すことだけを考えよ。たまさかには衆目の中で腕を振るうも一興であろうしの」

「お言葉ですが、俺は客に披露できるほどの腕前では……」

「何であれ見せ方次第じゃ。退屈しておると思うたならば、人形の頭のからくりでも見せてやれ。親に連れられて参った幼子が大いに驚き、喜ぶであろう」

気が進まぬ様子なのを説き伏せる、斉茲の言葉に澱(よど)みは無い。

いつの間にか戻っていた和馬と菊弥も、廊下で笑みを浮かべている。

「この様子だったら安心ですね、和馬さん」

「うむ。福々堂にて話を耳にいたした際には、どうなることかと思うたが……」

遠出の疲れも足の痛みも霧散したかの如く、笑顔で中の様子を見守っていた。

五

「お世話になりやした、大殿様。後はお任せくださいまし」

葛籠を幾つも積んだ荷車を引いて、甚六たちは人形町通りに帰っていった。

共に引き揚げた菊弥は、明日から再び舞台に立つという。

一同を送り出した斉茲は久方ぶりに和馬と向き合い、べったら漬けの手配が上手(うま)く
いったことと、練馬での顚末(てんまつ)を余さず聞いた。

「大儀であったの、窪田」

「いえ、何程のこともございませぬ」

「ははは、謙遜いたすには及ばぬぞ」

謹厳な面持ちで答える和馬に、斉茲は微笑んだ。

「腕自慢の親父を制した上に勧進帳の舞台に立つことなど、滅多に有るまい」

「無我夢中にございました……頑固親父の相手はともかく、芝居を演じるのは至難と申すより他にありませぬ」

ぼやいているようでいて、和馬の口調は明るい。

しかし、いつまでも主従で和んではいられない。

べったら漬けの一件が落着した途端、新たな事件が起きてしまったからだ。

まさに一難去ってまた一難。

人形市を切り抜ける目途（めど）が着いたからといって、消え失せた人形を放ったままにはしておけまい。

「大殿様……実は少々気になることがございます」

「何じゃ、はきと申せ」

「福々堂を訪ねし折に、厠（かわや）にて妙なものを拾うたのです」

「まことか？」

「お目にかけてもよろしゅうござるか」

「苦しゅうない。早う見せよ」

「されば、ご無礼をつかまつりまする」

迷った末に和馬が取り出したのは、薄汚れた市松人形。

加工した生地を組み上げただけで衣装は付いていない。町で売られているのと同じ仕様であった。

「色そのものが妙だのう……む……この臭いは……」

「畏れながら、便壺から掬い取ったということか。道理で臭いはずだのう」

「便壺から掬い取ったという惣後架の底に落ちており申した」

顔を顰めながらも、斉茲は怒りはしなかった。

何であれ、手懸かりが見付かったのは喜ばしいことである。

「大小便に塗れておったにしては綺麗だが、よほど念入りに洗うたのか」

「御意」

「……ま、そのまま検めるわけにも参るまいの」

斉茲は市松人形を抱き上げた。

男の子を模した人形の五体は、やや太り肉に造られていた。

それでいて顔の造作は繊細であり、髪の毛もしっかりと植え付けられている。

「この細工……多吉ではないか」

「まことにございまするか」

「間違いあるまいぞ」

確信を込めて、斉茲は言った。

「儂はあやつの作をよくよく吟味した末に、注文いたすに及んだのだ。師の又八の域にまでは及ばずとも、これほどの細工を成し得る人形師は他に居るまい」

「ということは、これなる人形は……」

「多吉が収めし後、蔵より持ち出されたものに相違ない」

「……酷い真似をする奴が居るものでございますな」

汚れが落ちぬ顔を見つめたまま、和馬がぼそりとつぶやく。

「大殿様、それがしの見立てを申し上げてもよろしゅうございまするか」

「申してみよ」

「福々堂の厠の汲み取りは、べったら漬けを売るのを拒みし村から参っておるとの由にございます」

「……矢野の知行地か」

「察するに、他の人形も便壺の底に沈められておるのではありませぬか」

「有り得ぬこととは申せまい。因果を含めて汲み取らせ、村に持ち帰らせし後に処分させれば未来永劫、見付かる恐れはないからの」

「先に便壺を浚い、動かぬ証拠を摑みまするか」

「いや、無理はいたすな」

立ち上がらんとしたのを押しとどめ、斉茲は言った。

「臭い思いをしたところで、必ずしも出て参るとは限るまいぞ。他の人形は多吉の作より前に仕上がり、蔵に収められておったのだからの」

「喜平殿が気付く前に盗み出され、早々に処分されたということですか」

「事に及んだのが誰であれ、一度に持ち出すよりは楽であろう」

「福々堂の者たちの仕業とは、やはり考えられませぬ」

「厠には客も入ることがあるはずじゃ」

「菓子を買い求めに参った客でございまするか」

「あれほど大きな構えならば、商談をしに訪れる者も多かろう。錠前の鍵さえ何とかいたさば、皆が慌ただしくしておる隙を衝いて蔵に忍び入るのもさほど難しくはあるまい。さすがに人形を表に持ち出すのは至難だろうが、最初から便壺に棄てるつもりとなれば話は違う。苦労して隠し持たずとも、糞尿と共に運び出してくれるのだからの……」

淡々とつぶやく斉茲の口調は、確信を帯びつつあった。

断定はできないが、疑いが濃厚なのは間違いない。

一方の和馬は、すっかりその気になっていた。

「大殿様、矢野めを締め上げましょうぞ！」

「そのほう、常の如く動けるか」

「大事はございませぬ」

「ならば否やは申すまい。どのみち放ってはおけぬ輩だからの」

「御意っ」

闘志を燃やして和馬は答える。

遠出の疲れを感じさせぬ気迫が、六尺豊かな体に漲っていた。

「されば取り急ぎ、矢野の動きを見張りまする」

「独りで仕掛けては相成らぬぞ、窪田」

「もとより承知にございまする。大殿様を置いてきぼりにはいたしませぬ故、ご安心くだされ」

「こやつ、言うようになったの」

胸の内を見透かしたかのような一言に、斉茲は苦笑い。

悪旗本を懲らしめたい気持ちは、こちらも同じだった。

六

翌日の夜、仕掛ける好機が巡ってきた。

人形市を明日に控えている以上、どのみち今宵の内に決着を付けねばならない。

主従が矢野を待ち伏せたのは、夜更けの大川堤。

旗本仲間が向島(むこうじま)に囲う妾の家で歓を尽くし、ほろ酔い気分の赴くままに徒歩で帰宅するところを狙ったのだ。

「殿、大事ありませぬか」

「まことに駕籠を呼ばずともよろしいので？」

「無粋を申すでない。せっかくの酔いが醒めるわ」

お供をしていた二人の家士が案ずるのも意に介さず、矢野は土手を歩いていた。

「腐っても直参だの。体の軸は崩れておらぬ……」

「さもありましょう。外道なれど、腕はそれなりに立ちます故」

「思えば惜しい男じゃ。いま少しだけでも、心根が真っ直ぐであればのう」

声を潜めて言葉を交わしながら、斉茲と和馬は機を窺う。

程なく、矢野が期待どおりの行動に出た。

「殿？」

「どちらへお出でになられますのか」

「小便じゃ。ちと待っておれ」

家士たちに告げ置くと、矢野は桜並木に歩み寄っていく。

「窪田、足止めいたせ」

「御意」

言葉少なに与えた斉茲の指示に頷き、和馬が走る。

矢野が袴の裾を捲り上げたままの姿で昏倒（こんとう）させられたときには、家士たちも当て身を喰らって伸びていた。

目が覚めたとき、矢野は両手足を縛（いまし）められていた。

驚きの余りに小便は引っ込んだものの、身動きできない。

「お目覚めか、矢野殿」

「うぬ、細川の隠居の側仕えか！」

「お静かに」

　静かに告げる和馬は提灯を片手に、無人の掛け茶屋を背にして立っていた。

　八代将軍の吉宗公が植えさせた桜並木で知られる大川堤は、風光明媚な地。昼日中は善男善女の往来も絶えぬが、ひとたび陽が沈めば行き交う者もまばらとなり、土手道の脇で商いをしている茶屋も閉めて、あるじは帰ってしまう。

　茶屋の裏に転がされた矢野の傍らには、二人の家士が倒れている。

「何をしておる！　早うこやつを斬り捨てよ!!」

「当分は目を覚ますまい。無駄な真似は止められよ」

「おのれ……」

　矢野は悔しげに歯嚙みする。

　血走らせた両の目に、無言で立っていた斉茲の姿が映る。

「細川の隠居……うぬも参っておったのか」

「左様。おぬしを打ち倒したのは、この儂だからの」

「な、何故の狼藉だ」

「ほっほっほっ、名うての悪旗本とも思えぬ物言いだのう」

「その後は大人しゅうしておったであろうが。無体をいたすも大概にせい」

「ほざくでない。大概にいたすべきはおぬしであろう」

「うう っ……」

「おぬし、少しは懲りるということを覚えるべきだの」

矢野の傍らに片膝を突き、斉茲は低い声で説き聞かせた。

「無役の身を持て余し、酒色遊興で憂さを晴らさずば夜も明けぬと申すのならば好きにいたすがよい。儂はおぬしの親でもなければ師にも非ざる故な。したが、儂の庭を荒らすことだけは断じて許さぬ」

「庭だと」

「傲慢な物言いに聞こえたやもしれぬが、おぬしと一緒にいたすでないぞ」

薄く笑って、斉茲は告げる。

「知行地の民に無理強いし、人形町通りから手を引かせたことは不問に付してつかわそう。おぬしが糸を引いておったと知るに及べば皆が心を痛め、抱かずともよい憤りの念に苦しむことになるからの。代わりの手筈も調うた故、二度と愚かな真似をいたさぬと誓うのならば、無事に帰してつかわそう」

「そ、それだけのことで俺を襲うたのかっ」

「いや。差し迫った大事について、先に答えよ」

喚く矢野の襟首を締め上げながら、斉茲は続けて問うた。

「福々堂の土蔵より人形が根こそぎ盗み出されたのは、おぬしの差し金か」

「な、何のことだ」

「とぼけるでない」

締め上げる力が強くなった。

「日頃の腕自慢が本物ならば、撥ね退けてみよ」

「や……止めろっ……お、俺は」

「直参の威光がどうのという口上ならば、儂には通じぬぞ」

皆まで言わせず、斉茲は低く畳みかけた。

「厠を使うた仕掛けは、うぬが考えたのか」

「わ、訳の分からぬことを申すでない……」

「あくまで違うと言うのだな?」

「こ……この期に及んで嘘偽りは申さぬ!」

「ならば疑いは解いてつかわそう。その代わり、明日は何もいたすでないぞ」

怯える矢野を睨み付け、斉茲は釘を刺す。

「参るぞ、窪田」

「ははっ」

和馬は後に続いて歩き出す。

矢野は小便を漏らしたまま、再び気を失っていた。

七

翌日の秋空は快晴だった。

人形町通りに連なる露店には、さるぼぼがずらりと並べられていた。昼夜を問わず針仕事に勤しんだ、人形師の女房たちの労作である。

「わぁ、かわいい！」

「こんなおにんぎょう、みたことないよう」

親に連れられて訪れた幼子たちは、素朴ながら愛らしい縫いぐるみに大はしゃぎ。

「ほんとに可愛いこと。そちらをひとつくださいな」

「おや、ちゃんちゃんこも縫ってもらえるのかい？　だったら、その錦の裂を使って頂戴。頭巾と腹掛けも揃えておくれな」

子どもに限らず老若の女性客もこぞって買い求め、女房たちは大忙し。

着々と伸びる売り上げに支えられ、人形師の面々は実演に励んでいた。

「さぁご覧じろ。こんな美人がおっそろしい羅刹に早変わりだ」

「すごい、すごーい！」

日頃の気難しさは何処へやら、甚六は浄瑠璃人形の仕掛けを披露して男の子たちの喝采を浴びている。

「ふっ、盛況で何よりだのう」

お忍びで足を運んだ斉茲はご満悦。

後に従う和馬も笑みを誘われつつ、賑わう通りを共に見て廻った。

多吉は他の面々が浄瑠璃人形を手がける中、斉茲が注文した姉妹の姫人形の仕上げに取り組んでいた。

甚六らと違って、誰も立ち止まってまで見物していかない。

おぶんの拵えるさるぼぼは良く売れていたが、わき目もふらずに集中している姿に気圧されるのか、勘定を済ませた者はそそくさと離れていくばかり。

「大殿様……」

「苦しゅうない。あれが多吉にとっては常の如くである故な」

気を揉む和馬に笑顔で告げつつ、斉茲は進む作業を見守っていた。

折しも多吉は一本ずつ、髪の毛を植え付けている最中。

伸びたかのように見えることなど有り得ない、完璧な仕上げぶりだった。

「見事な出来にございまするなぁ……」

「さもあろう。いずれ劣らぬ、儂の愛娘の姿を写しておる故な」

斉茲は嬉々とする余り、背中に近づく足音に気付かずにいた。

「殿様、お久しぶりにございやす」

「そ、そのほうは……」

「ああ、今は大殿様とお呼びしなくちゃいけねぇんでしたっけ」

「おぬし、まことに又八か？」

「でぇぶお年を取りなすったねぇ。ま、あっしも人様のことは言えやせんがね」

茫然と見返す斉茲に、その老人は親しげに笑いかけた。

ちびた草鞋を履いたままの、旅先から戻ったばかりと思われる身なりである。

「お師(し)さん……」

「おう、相変わらず励んでいるじゃねぇか」

思わず手を止めた多吉の労をねぎらう、この老人の名は又八。

かつて人形町通りで名人の評判を欲しいままにした、稀代(きたい)の人形師であった。

第四章　その手は何だ

一

又八が多吉を訪ねてきたことに、最初に気付いたのは甚六だった。

「兄い……」

茫然として立ち止まった足許に、翻りかけのほそかわ巻きが転がり落ちる。

おかよに店番を任せ、息抜きにぶらついていたらしい。

界隈では強面で通っている甚六らしからぬ反応も駆け出しの頃に憧れた、雲の上の存在を図らずも目の当たりにしたとあっては、無理もあるまい。

「ほ、ほんとに又八の兄いなのかい？」

「へっ、ちゃんと足は付いてるぜ」

信じ難い様子で駆け寄った甚六に、又八は微笑み返す。

「多吉に聞いたが、今はお前さんがみんなを束ねてるそうじゃねぇか。俺が居た頃はまだまだ頼りなかったのに、大した貫禄が付いたもんだな」

「仕方ないだろ。兄いが急に雲隠れしちまって、尻拭いをさせられた俺たちは散々な目に遭ったのだぜ」

口を尖らせて言い返しながらも、甚六は顔を赤らめずにはいられない。

江戸の人形師たちにとって、この又八は未だ別格。

仲間内で古株となって久しい甚六が、若造扱いをされるのも当然であった。

「これ又八、そのぐらいにしておいてやれ」

斉茲が笑顔で口を挟む。

「今宵は一席設けてつかわす故、積もる話はそちらでいたすがよい」

「俺が帰ってきたことを、祝ってくださるんですかい？」

「皆の労をねぎらうついでじゃ」

「それで十分でございやす」

白髪頭を下げる又八の態度は殊勝（しゅしょう）そのもの。

「聞いてのとおりぞ、窪田」

斉茲が和馬に向き直った。

「富士見屋に急ぎ手配し、宴の支度をいたせ」

「ははっ」

笑顔で答え、和馬は駆け出す。

和やかな雰囲気の中で多吉は独り、人形の頭に髪を植えている。

「お前さん、放っておいてもいいのかい」

「……」

「大事なお師さん……いや、お前さんにとっては親も同然のお人じゃないか」

「いいから、おめーは黙って店番してな」

おぶんが小声で再三告げても、黙々と手を動かすばかりだった。

盛況のうちに人形市はお開きとなった。

陽が暮れる前に片付けを終え、人形師たちは斉茲が待つ座敷に急ぐ。

「浜町様には何から何まで、すっかりお世話になっちまったなぁ」

「まったくだぜ。これからはお屋敷に足を向けて寝られねぇやな」

三々五々、宴の席に向かったのは人形師だけではない。さるぼぼを山ほど縫うのに励んだ女房たちも、共に招きを受けていた。

「おぶんちゃん、多吉さんを置いてきちまってもいいのかい」

「すみません。大殿様にお納めする、姫様人形の仕上げにかかりきりになりたいって言い張って……」

「そうなのかい。他ならない浜町様からのご注文じゃ仕方ないねぇ。まぁ、お前さんだけでもお相伴に与るがいいさね」

申し訳なさそうにしているおぶんの手を引き、おかよは速やかに歩き出す。

亭主の甚六は若い連中の先頭に立ち、疾うに出かけた後だった。

「まったく、男ってのは勝手なもんだよ。とりわけ職人は碌なもんじゃない」

「声が大きいです、おばさん……」

「ははは、今さら隠すこともないからねぇ」

恥じるどころか笑いながら、おかよはずんずん進み行く。

宴席が設けられた富士見屋は、界隈でも人気の芝居茶屋である。

女将のおしげは、おしのが生んだ小太郎の祖母に当たる。

小太郎の父親である亡き一人息子を巡っての確執が絶え、近所でありながら長らく疎遠にしていた福々堂の一家と和解に至ったのは、斉茲の配慮のおかげだった。

感謝の念が尽きぬおしげは、今宵も斉茲の世話を焼くのに余念がない。

用意してくれたのは、二階の座敷。

隣の部屋を空け、間仕切りの襖をすべて取り払った上でのことだった。

二

上座に着いた斉茲は、おしげの酌を受けていた。

「大殿様、どうぞ」

「いや、皆が揃うまで控えよう」

酒器を手にして微笑むおしげを、そっと斉茲は押しとどめる。

すでに酒肴の膳は調い、ずらりと下座まで並んでいる。

「おぬし、今日は暇なのか」

「おかげさまで階下は満員ですよ」

「それは重畳。後は手酌で構わぬ故、他の客の相手をして参れ」

「いいんですよう。仲居たちが居りますから」

「これ、おしげ」

「あたしがお構いしたいんです。どうぞお楽になすってくださいましな」

ふくよかな顔をほころばせ、身を寄せる様が艶っぽい。

「ううむ、致し方ないのう」

続けて酌を受ける斉茲は、苦笑しながらも満更ではない様子。

甘い雰囲気の二人を遠目に眺めつつ、又八は下座で和馬を相手に呑んでいた。

「へっへっへっ、さすがは大殿様でござんすねぇ」

「年を喰ってもモテなさるのは変わっちゃいないみてぇで、何よりでさ」

「何を申しておる。大殿様に対し奉り、無礼であろうぞ」

咎める和馬の手に猪口を押し付け、又八は気前よく酒を注ぐ。

「まぁまぁまぁ、そんな堅いことを言ってねぇでお呑みなせぇ」

「ほら、早いとこ空けちまわないとこぼれますぜぇ」

「分かっておるわ。しばし待て」

からかう又八を睨み付け、和馬はくいと杯を乾す。

肥後もっこすながら以前は余り強くなかった酒だが、斉茲の晩酌に相伴させられているうちに自ずと慣れた。

「おっ、いい呑みっぷりだねぇ」

一滴もこぼさずに空けたのを見届け、感心した様子で又八はつぶやく。

和馬は黙って杯を洗い、膳に戻す。

たとえ相手が伝説の名人だろうと、褒められたところで嬉しくはない。

これから全員の顔ぶれが揃っても、楽しめそうにはなかった。

斉茲が宴に招いたのは、人形師と女房たちのみ。

協力し合って人形市を無事に乗りきった労をねぎらい、又八との再会を祝すことが目的であるだけに不自然ではなかったが、和馬自身は何の役にも立ってはいない。

又八と顔を合わせるのも今日が初めてで、話すことなど有りはしなかった。

それにしても、又八の態度は明るい。

「さぁ窪田さん、もう一杯おやりなせぇまし」

「構うには及ばぬ」

「そうは言っても手持ち無沙汰でござんしょう。さぁさぁさぁ」

急かされて手にした途端、またしても杯が溢れんばかりに満たされた。

「ほら、さっきの見事な呑みっぷりを見せてくだせぇよ」

「ふん、これしきで酔いつぶれると思うたか」

からかうのに負けじと杯を持ち上げ、和馬はまたも一息に乾した。

「こいつぁいいや。大殿様も頼もしいご家来を抱えなすったもんだねぇ」

「おぬしも物好きだな。それがしになど愛想を言うたところで、何も出ぬぞ」

「何もせがむつもりなんざございやせんよ。ほらほら、もう一杯どうですかい？」

つくづく陽気な男であった。

名人と呼ばれたほどの技量だけではなく、もとより人柄も好もしいのだろう。

こうした気安さが堅苦しいのを嫌う、斉茲に見込まれたのかもしれなかった。

「時におぬし、大殿様とは人形市にてお近づきになったそうだな」

三杯目を乾した和馬は、杯を差し出しながら問う。

「へい。お互えに髪がまだ黒々していた頃の話でさ」

又八は懐かしげに微笑むと、渡されるがままに猪口を受け取る。

「見本のつもりで置いといた俺の人形を買い上げてつかわすなんて言ってきて、出し抜けに小判なんぞちらつかせたもんで、初っ端はとんだ野暮天と思いやしてね、つい喧嘩しちまいましたが、よくよく話してみれば気のいいお人と分かりましたよ。それからは昵懇にさせていただいて、お忍びで出歩きなさるのにも、しょっちゅうお供をつかまつったもんでした」

「左様であったのか……」

主君の気性を知り抜いている和馬にしてみれば、驚くべき話だった。

斉茲は堅苦しいのを嫌う一方、特定の町民と深く付き合うのを好まない。

事件の謎を解き明かすために必要ならば和馬に任せきりにすることなく、誰とでも会って直に言葉を交わし、自ら足を運ぶ労さえ厭わぬものの、私的に交誼を結ぶのは努めて避けている。おしげから好意を寄せられていながら受け入れないのも、それ故のことと言えよう。

男女に限らず、武士と町民の間には踏み越えるのを慎むべき一線がある。

その線引きを曖昧にしていれば武家の権威は自ずと損なわれ、ひいては政道の乱れにも繋がりかねないと斉茲は考えている。

元藩主とはいえ肥後熊本五十四万石を治める細川本家に連なり、その威光の一端を担う立場と自覚していればこそであった。

又八との交友ぶりは、よほど気に入られたが故なのか。

あるいは、すべて口から出まかせなのだろうか。

もしも真実ならば、斉茲に問い質すのは無礼なこと。

ここは又八にそれとなく確かめて、話を引き出すより他にあるまい――。

「おぬしも奇特だったのであろう、又八」

「どういうこってすかい、和馬さん」

「人形師と申せば暇なき身のはずだ。よくぞ暇があったものだな」

「そいつぁ、忙中閑ありってやつですよ」

和馬の酌を受けながら、又八は言った。

「お前さんもご存じのとおり、人形造りってのは細けえ仕事だ。上手いこと気晴らしをしながら取り組まねぇと煮詰まって、かえって先に進まなくなっちまうんでさ……何も大殿様のお戯れに振り回されてたわけじゃありやせんので、お気になさらねぇでおくんなさいまし」

「ううむ、左様であったか」

思わず感心させられながらも、和馬は問う。

「したが多吉は、いつも籠もりきりになっておるぞ。おぬしの弟子であろう」

「へっ、そいつを言われちまっちゃ困りやすねぇ」

又八は苦笑交じりに見返してきた。

「あの野郎は、いつもああいう調子なんですかい」

「左様。なればこそ問うておるのだ」

「するってえと、今し方の素振りは俺が顔を出したせいじゃないってことですかい」

注がれた酒を一息に乾すと、又八はぼやいた。

「窪田さん、多吉の仕事っぷりはどう思われやすかい」

「左様……もとより人形師の良し悪しを論ずるは埒外のことなれど、剣術に相通じる手の内の錬りは、それがしがこれまで目にした中では一番であろう。有り体に申さば勘働きに頼らず、万事が丁寧であるな」

「さすがは剣術の達人。見る目がお有りでござんすね」

にっと又八は微笑んだ。

それでいて、両の目だけは笑っていない。

「へっ、ほんとに見る目が有りなさる……」

和馬の視線に気付いた又八は、今度は苦笑をしてみせた。

「多吉はね、窪田さん。俺が面倒を見ていたガキの頃から、お世辞にも器用とは言えねぇ奴でござんした。それが兄弟子連中から妬まれるほどに腕を上げたのは、いつ床に入ってるのか分からねぇほど寝る間も惜しんで、一途に励んだからなんでござんすよ。今まで体を壊さずにやってこられたってのが、不思議なほどでさ」

「あの仕事ぶりは、勤勉さのみによって培われたのか……」

世間には似たような話があるものだと思いながら、和馬はつぶやく。

何であれ、技を極めるのは難しい。周りの者より不器用な質ならば、尚のことだ。

和馬の場合もそうだった。

藩主の御前試合で勝ち抜き、斉茲の目に留まるほどの技量を会得するに至ったのは
同門の皆の二倍、三倍の時を稽古に費やした上に、集中して取り組んだが故のこと。

多吉も和馬と同じ道を歩んだ結果、腕を高めたのだ。

そんな弟子の有り様は、又八にとって好ましいわけではないらしい。

「まぁ、そういうとこが鼻持ちならないそうなんでさ」

「又八、おぬし……」

「お聞き苦しいことを申し上げちまってすみやせん。忘れてやってくだせぇまし」

それだけ告げると、又八は空にした猪口を膳に戻す。

和馬が延々聞かされたのは、あくまで愚痴でしかない。

忘れてほしいと言われた以上、蒸し返すのは野暮だろう。

しかし何故、今日初めて会った和馬にここまで語ったのか。

無粋を承知で尋ねようとしたところに、廊下から足音が賑々しく聞こえてきた。

「お待たせしやした浜町様、又八兄い」

甚六を先頭にして、人形師たちがぞろぞろと座敷に入ってくる。

「おいおい、遅いじゃねぇか。いい加減、待ちくたびれちまったぜぇ」

笑顔で一同を迎える又八に、もはや屈託は見出せなかった。

「それじゃ、きれいどころを呼んで参りましょうかね」

斉茲の側から離れ、おしげが立ち上がる。

入れ替わりに現れたのは、人形師の女房たち。

「さぁ、たんと呑ませてもらおうかね」

「馬鹿野郎、厚かましいこと言うんじゃねぇよ」

涼しい顔でうそぶくおかよに、すかさず甚六が毒づいた。

しかし、古女房は負けていない。

「何をお言いだい。人形の仕掛けで若い娘の目を惹いて、鼻の下を伸ばしまくってるのに気付いてなかったとでも思ってんのかい、この助平め」

「てやんでぇ、おめーこそ若い夫婦者にさるぼぼを注文されて、嫁さんをそっちのけにして容子のいい亭主に媚びを売ってやがっただろうが？」

「ははは、どっちもどっちじゃねぇか」

「やれ、やれ」

嬉々として囃し立てる一同の中に、多吉の姿は見当たらない。おぶんが独り、気まずそうな面持ちで女房たちに交じっているだけであった。

多吉は今もなお、人形造りにかかりきりになっているらしい。

ふと、和馬は疑念を抱いた。

単に一途というだけで、ここまで徹するとは考え難い。

和馬が知る限り、斉茲は多吉に過剰な催促などはしていない。

まして、この場は人形師と女房たちを集めた慰労の宴。一晩ぐらい手を休めて美酒を堪能したところで、罰など当たるはずがあるまい。

にも拘わらず、どうあっても顔を出さないとは不自然だった。

もしや又八を避けるのが、真の目的だったのでは——。

理由は判然としないものの、和馬にはそう思えた。

もとより多吉は口数が少なく、おぶんも子細まで承知しているとは思えない。

ならば又八に対し、心当たりがあるのか確かめるべきだろう。

再び問い質そうと和馬が身を乗り出した途端、おしげの弾んだ声が聞こえてきた。

「さぁさぁさぁ、きれいどころのお出ましですよ」

案内されて登場したのは、芸者の装いをした菊弥。

三味線を抱えて共に現れたのは、中村座の楽屋を仕切っている年嵩（としかさ）の女形だった。

「皆様がた、本日はご苦労様にござんした」

三つ指を突いて挨拶すると、女形はにっこりと一同に微笑みかける。

歌舞伎役者にとって浄瑠璃は商売敵。その人形を手がける職人衆は鼻持ちならないはずなのに、おくびにも野暮なことは言わずにいる。

「よっ、蘭之丞！」

「菊さんっ」

男女入り交じった歓声が飛び交う中、二人は屏風の前へと進み出る。

「いずれ菖蒲か杜若だのう」

見守る斉茲も上機嫌。

一気に華やいだ雰囲気を、ぶち壊しにしてしまうのは憚られる。

躊躇している間に、和馬は酔いが回ってきた。

「うーむ……」

気付いたときには宴はお開きとなり、斉茲は又八と共に蘭之丞の酌で呑んでいた。

「しっかりなさいまし、和馬さん」

膝枕で介抱してくれていたのは菊弥であった。

「ふ、不覚っ……」

「ご懸念には及びませんよ。昨日今日の仲じゃなし、居眠りをされちまったぐらいで気を悪くしたりはしませんから」

自分に対して当惑していると勘違いをされたらしく、菊弥は優しく微笑みかける。

悪酔いした和馬に、もはや言い訳をすることは叶わなかった。

三

早いもので、神無月（かんなづき）も十日を過ぎた。

冬の寒さはまだ先だが、朝夕は冷え込むようになりつつある。

「エイ」

絶えず川風が吹き抜ける中、主従の気合いが下屋敷の庭に響き渡った。

澄んだ刃音と共に空気を裂いたのは、斉茲の冴えた斬り付け。

同時に抜刀した和馬は、不覚にも刃筋がぶれていた。

すでに日は高く、手がかじかんだわけではない。

「手の内が甘いぞ、窪田」

「も、申し訳ありませぬ」

目を向けることなく告げる斉茲に、和馬は恥じながら答える。

このところ和馬は斉茲に従い、以前の如く伯耆流の稽古に毎日勤しんでいた。

三助に一任していた福々堂の手伝いも再び始め、ほそかわ巻きを作るのに欠かせぬあんこを、今日も山ほど練ってきた。

無事に終わった人形市に続き、べったら市が催されるのは十九日。

左吉から届いた文によると、漬け物の仕込みは順調に進んでいるという。当日には団三もこちらまで足を運び、自ら売り捌くと張り切っているらしい。

迎える人形町通りは大いに盛り上がり、菊弥に聞いた話によると、芝居町の役者衆も楽しみにしてくれているとのことである。

しかし、肝心の事件は解決するに至っていない。

土蔵から消えてしまった人形の行方は杳として知れず、如何なる手口によって盗み出されたのかも未だ不明であった。

福々堂の厠は人形市が終わって早々に調べ直し、手代と小僧たちが五郎の立ち会いの下で便壺の底まで浚ってくれたが、何も出てはこなかった。

陰で不可解な事件が起きていたことを、人形師とその女房以外は知らずにいる。

敢えて口外すべきではあるまいが、伏せたままで良いとも思えない。確たる理由は分からぬが、何者かが人形町通りを目の敵にしているのは事実だからだ。

べったら漬けの一件は矢野の意趣返しと判明し、始末も着けたので大事あるまいが人形が大量に盗まれたのに続き、新たな事件が起きかねない。

防ぐために自分は何をなすべきか、それが知りたい。

(大殿様は如何になさるご所存なのか……)

刀の抜き差しを繰り返しながら、和馬は胸の内でつぶやく。

無心になって取り組むべき稽古の最中も、事件のことばかり気に懸かる。

一方の斉茲は思い悩むどころか、むしろ業前が冴え渡っていた。

「そろそろ終いにいたそうぞ」

「ははっ」

「ふっ、本日も良き汗を搔いたのう」

顔色が冴えぬ和馬と稽古終いの礼を交わし、斉茲は潑溂と座敷に戻った。

「窪田、今宵も人形町通りまで参るからの」

「御意」

形稽古に用いた木刀を片付ける手を止めて、和馬は答える。

人形市で再会を果たした斉茲と又八は、その後も毎日の如く会っていた。

下屋敷に招いて酒を酌み交わすだけではなく、近頃は斉茲がお忍びで人形町通りに出向くこともしばしばである。

和馬は警固のために必ず同席したが、又八に不審なところは見られない。

隙を見て多吉のことを問い詰めても、適当に受け流されるばかりだった。

当の多吉も相変わらず口数が少なく、深く問えば黙り込んでしまう。

又八も多吉も、それぞれ怪しいと言わざるを得まい。

斉茲が藩主だった頃から交誼を結んでいる者を疑うのは、本来ならば慎むべきことなのだろう。

しかし、和馬はじっとしてはいられなかった。

何者の仕業であれ、人形町通りに更なる災いをもたらすことは許せない。

敬愛する主君である斉茲のためにも、そして己自身のためにも——。

四

その頃、五郎は自身番所に三助と菊弥を集めていた。

「何事ですか、もうすぐ千秋楽だってのに……」

「そう言うない菊の字、他ならねぇ和馬さんのためなんだからよ」

急に呼び出されて愚痴る菊弥を宥めつつ、五郎は三つの碗に茶を注ぎ分ける。

これから話すことを盗み聞かれるのを避けるため、番人たちには適当な用事を言いつけて追い出した後だった。

一方の三助は、何やら考え込んでいる。

「お前さん、一体どうしたんだい」

「いや、窪田殿の存念が分かりかねてな……」

五郎に対する答えは武家言葉。

下屋敷では中間らしい口を利くように心がけているものの、元は足軽ながら士分として育った身だけに、しっくり来るのだろう。

「時に杉田殿、あれから手懸かりは見付かっておらぬのか？」

「あちこち網を張っちゃいるんだが、残念ながら何も出ずじまいさね」

茶碗で手のひらを温めつつ、溜め息交じりに五郎はぼやく。

「まったく厄介な話だぜ。こいつが上役から命じられたことだったら適当にうっちゃらかしとくんだが、勝手に取っ組んでるんじゃ投げ出すわけにもいかねぇ……福々堂を疑い続けるのも、さすがに心苦しくなってきたとこだしな」

「その線は有り得ぬと断じてよかろう」

確信を込めて、三助は言った。

「先頃まで窪田殿が休んでおられた故、仕込みの手伝いを終えて帰ったと見せかけて福々堂の天井裏と床下に潜り込んでみた……人形など影も形も見当たらぬ」

「厠の底を浚っても、あれから出てこなかったそうですしね」

後を受けて、菊弥がつぶやく。

「和馬さんが見付けた市松人形なんですけど、盗んだ奴がたまたま落っことしたって考えたほうがいいんじゃないですかね」

「どうしてそう思うんだい、菊の字」

小さな目を光らせて、五郎が問う。

「そりゃ、盗人だって出物腫物ところ選ばずでござんしょう。中には盗みに入った先でわざわざ用を足していく変わり者も居るそうですけど、折悪しくもよおしちまったときに抱えていたのが転がり落ちて、そのまま逃げ出したってのがオチなのかもしれませんよ」

「うむ……一理あるな」

黙って耳を傾けていた三助が頷く。

「ひとたび糞尿に塗れてしもうた人形では、どのみち金には替えられぬ。儲けにならなくなったが故に捨て置いたのではないか」

「そりゃそうだ……そもそも、人形が好きで盗んだわけじゃあるめぇしよ」

しばし考えた後に、五郎は言った。

「あの界隈の人形師が手がけたもんは結構な値が付くからな。多吉はもちろん古株の甚六だって贔屓にしている客は多いし、無駄に年を喰ってるわけじゃねぇ。他の連中も浄瑠璃芝居じゃそれと知られた奴ばかりだ。あいつらが手がけた人形なら相場より高かろうと、買い手は幾らでも出てくるだろうさ。その儲けを当て込んで、ごっそり奪ってったに違いねぇやな」

「理由はそれとして、肝心の手口が見当もつかぬのには参ったな」

「そこんとこなんだよな、どうにも思いつかねぇのは……大殿様のお見立てでも答えが出ねぇことを俺たちだけで当てるなんざ、最初から無理なのかねぇ……」

三助のつぶやきに、五郎はまた溜め息を吐く。

土蔵にまとめて保管されていた人形が、なぜ忽然と消えたのか。

五郎は親しき仲でも手を抜かず、福々堂の全員をじっくりと調べたものの、怪しい動きをした者など一家はもとより、奉公人の中にも居ない。

たとえば盗みの玄人が夜陰に乗じて忍び込み、密かに運び出したにせよ、福々堂の内情を知らずして成功は有り得まい。人形市の当日を迎えるまで、すべての人形を蔵に収めておくということ自体、外部には漏らされていないはずだからだ。

「……これだけは考えたくなかったんだがな」

「何としたのだ、杉田殿。思い当たる節あらば、はきと申せ」

「そのとおりですよ、旦那。出し惜しみしているどころじゃないでしょ」

五郎がぼそりとつぶやいた途端、二人は先を促す。

致し方なく、五郎は続く言葉を口にした。

「人形師の中に裏切り者が居るとすれば、ぜんぶ辻褄が合うんだよ」

「もしかして……多吉さん、ですか」

迷った末に菊弥がつぶやく。

後を受けて、三助が言った。

「仕上げの細工をすべて請け合い、福々堂に運んだのも多吉だ。蔵に収めたと装うて隠匿したと見なさば、謎は解けるな」

「そういうこった。箱だけをもっともらしく、運び込んだんじゃねぇのかい」

「されば杉田殿、消え失せた人形は」

「多吉の家か、さもなきゃ売り払ったに違いねぇ。女房のおぶんも一枚嚙んでいるんなら、横流しをした先は更に多いこったろうぜ。元は人形問屋の娘だからな」

「すでに売り捌いたのやもしれぬぞ」

「そっちの線も調べるべきでしょうよ、旦那」

三助に続き、菊弥も確信した様子で告げる。

「よーし、まずは多吉の家探しをしようじゃねぇか」

決意も固く、五郎は宣した。

「その上で何も出てこなかったら、人形師の連中を連れて市中を調べて廻るぜ。町方の御用だったら人相書き……いや、人形の絵姿をあちこち貼り出すって手も打てるが内緒で事を進めるからにゃ、造り手に首実検させるのが間違いあるめぇ」

「拙速にて参ろうぞ」

「善は急げ、ですね」

三人が勢い込んで立ち上がった途端、表に面した障子戸が開く。

「お、大殿様」

「やはり、ここに集うておったのか……屋敷を抜け出しおったと耳にして、わざわざ足を運んだ甲斐があったわ」

言葉を失う三助を鋭く見据えた上で、斉茲は残る二人を睨め付ける。

「そのほうら、短慮で動いてはなるまいぞ」

「ど、どういうこってすかい」

「多吉が疑わしきことは、もとより儂も承知の上ぞ。又八が腹に一物あることも久方ぶりに会うたときから察しておったわ」

「それじゃ、ぜんぶお見通しの上で……」

「泳がせておったのじゃ。いずれ尻尾を出すと判じての」

震えながら問うた五郎に返す言葉は、揺るぎない確信を帯びていた。

五

下屋敷を後にした和馬は独り、人形町通りを歩いていた。

斉茲の供をして出向く前に、又八に会っておくためである。

あれから又八は富士見屋に逗留し、旧交を温めるのに忙しい。

和馬が訪ねたときには折悪しく、一足違いで出かけた後だった。

「しらみつぶしに見て廻るより他にあるまい……」

ひとりごちながら、和馬は人形町通りを駆け抜ける。

隣の芝居町まで足を延ばしたものの、行き先が中村座とは思い当たらずにいた。

「精が出るなぁ、兄い」

芝居小屋の出入口に立ち、又八は感心しきりで呼びかけた。

表を和馬が通り過ぎたのにも気付かず、視線を向けた相手は猪之吉。

又八より年上の下足番は今日も変わらず、せっせと客が預けた履物の汚れを拭いては片付け、また揃えては送り出すのに忙しい。

「こないだはすまなかったな。細川の大殿様の大盤振る舞いですっかりいい心持ちになっちまって、碌に挨拶もできずじまいだっただろ？」

「そんなことは、どうでもいいやな」

「気を悪くしていたんなら謝るよ。今夜また大殿様のお座敷なんだが、どうだい」

「生憎（あいにく）だが忙しいんでな、誘うのなら外（ほか）を当たってくんねぇ」

昔馴染みでありながら、猪之吉の態度は素っ気ない。

「おいおい、そいつぁねぇだろ」

それでも又八は食い下がった。

「しばらくぶりに人形町通りに戻ってきたんだ。薩摩座はお門違いだろうが、その先の結城座にでもご用聞きに行ったらいいんじゃねぇのかい」

「へっ、どうやらご機嫌斜めみたいだな」

つれない返事に、又八は大仰に顔を顰めてみせた。

中村座の界隈に芝居小屋を構えるのは、同じ歌舞伎の江戸三座に属する市村座だけではない。古浄瑠璃の薩摩座と操り人形芝居の結城座も多くの客を集めていた。

「せっかくだが、俺ぁ仕事の口を探しに来たわけじゃないのだぜ」

返す言葉は、不快の念を隠しきれない。

「やっぱりそうかい」

動じることなく、猪之吉は先を続けた。

「お前さん、ここんとこ仕事なんぞしちゃいねぇだろうが」

「ははは、何を埒もねぇことを」

堪らず笑い声を上げて、又八は言った。

「俺ぁ根っからの職人さね。戯言も大概にしてくれねぇか、兄い」

「さて、どうだかな」

告げると同時に、すっと猪之吉は前に出る。折しも手ぬぐいで拭いていた客の雪駄をきっちりと揃えた上での、老人らしからぬ俊敏な動きであった。

「ガキの頃に教えたはずだぜ。目だけじゃなく、手も口ほどに物を言うもんだ」

「な、何のこった……！」

ずばりと言われた次の瞬間、又八は思わず声を震わせる。

右の手首を締め上げられ、否応なしに拡げさせられていたのだ。

出入りする客の足が途絶えた刹那、瞬時に為したことであった。

往来では行き交う善男善女を相手に、呼び込みが盛んに口上を並べ立てている。

「ううっ……」

漏れ聞こえる喧騒の中、又八は総毛立つばかり。

つるりとした手のひらには肉刺ひとつ見当たらず、胼胝も柔らかくなっていた。

「分かったかい、又」

二の句が継げない様の手を離し、猪之吉は説き聞かせた。

「お前さんはもう、職人の手なんぞしちゃいねぇんだよ。その体たらくで帰ってきて
今さら何をしようってんだ」

「そ、そいつぁ……」

「初心に帰って、いちからやり直すんならそれもいいだろう。名人って呼ばれたお前

さんを貶める真似なんざ俺もしたくはねぇさ。だけどな又八、くだらねぇ企みに界隈の連中を巻き込むつもりなら、今のうちに止めときねぇ」

「あ、兄い」

「言いてぇことはそれだけだい。とっとと行っちまいな」

「くっ……」

悔しげに歯嚙みしながら、又八が駆け出す。

走り去るのを追ったのは和馬。

一度は通り過ぎた中村座が気になり、急ぎ戻ったところで猪之吉に看破された本性を目の当たりにしたのであった。

六

よろめきながらも、又八は走り続ける。

後に続く和馬が追い抜かずにいたのは、旅籠とは逆の方向に向かったため。

「窪田っ」

真の寄る辺を突き止めんとしている最中、自身番所の前で呼び止められた。

「お、大殿様……」

「近う」

通りに面した障子戸を少しだけ開き、声を潜めて呼んだのは斉茲。

肩越しに五郎と三助、菊弥の顔が見える。

いずれも青ざめ、厳しく叱責を受けたばかりと察せられた。

「愚行に及ばんとしておったのでな」

言葉少なに説明を終えた斉茲は、続けて和馬に問いかける。

「又八を追うのか」

「御意」

「あやつ、ついに後ろ暗いところを見せおったらしいの」

「されば、大殿様におかれましては委細をご承知の上で……」

「そのほうが何を見聞きしたのかは存ぜぬが、怪しいとは気付いておったぞ」

「お見それをいたしました。ご容赦くだされ」

「話は後じゃ。まずは追え」

「ははっ」

主君とのやり取りもそこそこに、再び和馬は走り出す。

又八との距離は、姿を見失わない程度に保たれていた。

人形町通りから日本橋を経て、又八が逃げ延びた先は芝（しば）の大名小路。

その名のとおり、大名や大身（たいしん）旗本の屋敷が集まる地である。

和馬が馴染んで久しい下町とは、別物の雰囲気だった。

大名小路は愛宕下（あたごした）から増上寺（ぞうじょうじ）の前を経て高輪（たかなわ）に、更には品川（しながわ）へ至る。このまま品川宿まで逃れられ、又八が江戸を去ったら真相は藪（やぶ）の中だ。

眦（まなじり）を決し、和馬は尾行を続けた。

程なく増上寺の前に出た又八は、行く手を左に曲がる。

目指すところは品川ではなかったらしい。

増上寺の参道を逆に辿ると、大きな鳥居が見えてきた。芝神明宮（しんめいぐう）である。

毎年九月に催される祭礼は生姜（しょうが）が縁起物とされたことから生姜祭と、そして十日に及んだ長い日数から、俗にだらだら祭りと呼ばれる。

祭りの賑わいは疾（と）うに去り、折しも日は沈んだばかり。

暮れ行く空の下、辺りを行き交う者は誰も居ない。

境内に入って早々に、和馬は足を止めた。

境内に逃げ込んだ又八と入れ替わりに現れたのは羽織袴を着け、覆面で顔を隠した一団だった。大名か、それとも旗本なのかは判然としないが主持ちの侍、それも家中の精鋭と思しき面々であることが、統率の取れた動きから察せられる。

「おぬしたち、人形師の又八を庇い立てしおるのか」

問うた和馬に対する答えはない。

代わりに向けてきたのは、抜き連ねられた刃であった。

「何れのご家中かは存ぜぬが、埒も無き企みは速やかに止められよ」

重ねて告げた和馬に答えることなく、一団は間合いを詰めてくる。

和馬は左腰の刀に手を掛けた。

鯉口を切ると同時に鞘を引き、抜き上げた刀身で斬撃を打ち払う。

たたらを踏んだところに、喰らわせたのは足払い。

しかし、一団の攻めは止まない。

又八の背後を突き止められずに、正体も判然としない敵に多勢に無勢で討たれては元も子もあるまい。

踵を返した和馬は、だっと鳥居の下を駆け抜ける。

迫り来る凶刃を受け流しながら走り続け、三十六計を決めるより他になかった。

第五章　あの世に伴侶

一

暗闘は続いていた。

芝神明宮の門前町に連なる町人地を一気に走り抜け、芝口橋まで辿り着けば銀座を経て日本橋の雑踏に紛れ込み、何とか逃げおおせることができただろう。

だが敵は抜かりなく、別の一隊を先回りさせて退路を塞いでいた。

下手に町人地で戦えば自身番に見咎められ、近隣の住人を巻き込む恐れもある。

やむなく和馬が向かった先は大名小路。

まだ日が沈んだばかりというのに、元来た道は深い闇に包まれている。

「くっ……」

息を乱しながらも、淡い月明かりを頼りに和馬は駆ける。

通りに面して並ぶ屋敷は一様に門を閉ざし、人影も見当たらなかった。

この界隈に限ったことではないが、武家地の通りが混み合うのは大名や旗本が駕籠に乗って供を従え、登下城する際だけのこと。

もちろん、どの屋敷も留守にはしていない。

手近な潜戸を叩いて保護を願えば、とりあえず匿ってはもらえることだろう。

しかし、後のことを考えれば避けるべきだった。

和馬は斉茲の側近くに仕え、その命を受けて働く身。

そして斉茲は肥後熊本五十四万石の当主の座を退いて久しい、隠居の立場だ。

側仕えの若輩に集めさせた手懸かりを基に謎を解き、市井の事件を解決することを老後の楽しみとしているのは如何なものかと眉を顰める者も、細川の本家の家中には重役を含めて少なからず居るらしい。

後を継いだ歴代の当主が斉茲の意向を重んじ、江戸での隠居暮らしの無聊を慰めるのに必要なことと判じて大目に見てくれてはいるものの、臣下としては目立つことを控えなくてはならなかった。

ここで助けを求めれば、龍ノ口の上屋敷に話が伝わるのは必定。

斉茲の落ち度と見なされ、諫言を招くきっかけにされかねないのだ。

自身が助かりたいが故、勝手はできまい。

背後に迫る足音は増えていた。

神明宮から追ってきた一団に、退路を塞いだ別動隊も合流したらしい。

立ち止まって迎え撃てば多勢に無勢なばかりではなく、剣戟を聞き付けた屋敷の者が止めに入ることだろう。

和馬自身の命は助かるだろうが、斉茲の立場が悪くなっては元も子もない。

何としても自力で切り抜け、浜町河岸に生還するのだ。

通りの左右に連なる門に目も呉れず、和馬はひた走る。

行く手に辻番所が見えてきた。

(天の助けだ)

しとどに汗を流して駆けながら、和馬は微笑む。

自身番と別に設けられ、市中の安全を見張る辻番所は武家地の場合、近隣の大名や旗本に任される。大名屋敷が預かるものは一手持辻番と称され、家中から選ばれた腕利きの足軽が番人を務めるのが常だった。

屋敷に駆け込むことは避けるべきだが、辻番所ならば遠慮は無用。

夜道で襲われたと偽って一時だけ匿ってもらい、ほとぼりを冷ましたら無用の詮索をされる前に抜け出せばいい。

和馬は万が一の折に備え、日頃から所持品で身許が割れぬように用心している。木綿の羽織は無紋であり、細川家はもとより実家の紋が入った印籠の類も持ってはいない。差料も人形町通りでは斉茲から拝領した肥後拵を帯びるが、今日は柄巻の糸と下緒、鞘まで黒で統一された正式拵――主持ちの武士が登城する際に用いる、ありふれた大小なので、見覚えられたところで障りはなかった。

出自を特定されがちな言葉についても、抜かりはない。斉茲の供をして帰国すればたちどころに肥後弁に戻るものの、在府中は訛りひとつ出さぬように気を配っているので、まさか熊本藩士とは分かるまい。

高張提灯が灯された辻番所の表には屈強な足軽が二人、厳めしい顔で六尺棒を手にして立っていた。

「何じゃ」

「どうしたっ」

足軽たちが、こちらに気付いた。

「お助けくだされ！　怪しい者どもに追われておるのだ‼」

わざと大袈裟に声を上げながら、和馬は駆け寄る。

足を止めようとした寸前、背後から黒い影が一気に迫り来た。

「あっ！」

「貴方様は……」

その姿を見た途端、二人の足軽は絶句する。

和馬も迫る姿へ目を向けた。

六尺豊かな和馬に及ばぬまでも背が高く、まだ若い。

袴を穿かず、絹の羽二重（はぶたえ）を着流しにしていた。

顔を隠す覆面も、この男だけは上物の黒縮緬（くろちりめん）。

息も乱さず駆けてきた男は縮緬を口許まで引き下げ、面（おもて）を露（あら）わにしていた。

面長の顔は目も鼻も大きく、唇が厚い。

剽悍（ひょうかん）にして傲慢（ごうまん）な面構えをした男は、芝神明宮の境内で相まみえた一団はもとより門前町で退路を断った別働隊にも、加わってはいなかった。

脇差は帯びずに、並より長い刀だけを左腰に差している。

又八を尾行してきた和馬の出現を知らされ、押っ取り刀で駆け付けたのか。

部屋着と思われる着流し姿で忽然と現れたのも、左様に判じれば合点がいく。

身分も相当に高いと思われる、傲慢にして高貴な雰囲気を漂わせる男であった。

「手出し無用！」

鋭く告げられ、サッと足軽たちは左右に退く。

和馬は辻番所の前を駆け抜ける。

足軽たちにまで行く手を阻まれなかったのを幸いとして、このまま走り続けるより他になかった。

二

汗に霞んだ和馬の目に、愛宕山が見えてきた。

日中は高いのを厭わず上まで登り、社への参拝かたがた絶景を楽しむ者が絶えない名所も、夜の帳が降りた今は静まり返っている。

石段の下にそびえ立つ灯籠の前まで辿り着いたところで、和馬は追いつかれた。

向き直った目に映る、敵の総勢は十五人。

先程の若い男は一団の後ろに仁王立ちして、こちらに目を向けている。

ついに追いつめた和馬を、総がかりで討ち取らせるつもりなのだ。

和馬は両腕を体側に下ろした。
刀に手を掛けることなく自然体で立ち、居並ぶ敵を見返す。
観念し、自ら斬られに行こうとしているのか。
傍目には、そう見えたことだろう。
和馬の近くに立った一人が、無言で斬りかかってきた。
頭上に大きく振りかぶり、真っ向から両断する気だったらしい。
しかし、斬り下すには至らない。
和馬が内懐に踏み込みざま、柄を握った両手をかち上げたのだ。
用いたのは左腕。
敵の攻めを防ぐと同時に、固めた右の拳をみぞおちに打ち込む。
「うぐっ」
よろめく弾みで、それまで保たれていた体の軸が一気に崩れる。
その機を逃さず、和馬の足払いが決まった。
石畳に転がって悶絶したのを見届け、和馬は再び自然体に戻って立つ。
「おのれ！」
怒号と共に新手が斬りかかる。

応じて、和馬も前に出る。

敵の太刀筋は右袈裟。

真っ向斬りでは同じ手を喰らうと判じて、斜に斬り付けんとしたのだ。

だが、右足の踏み込みが間に合わない。

いち早く間合いを制した和馬は左腕を斜めに突き上げ、またしても斬撃を阻んだ。

同時に右の拳を繰り出し、みぞおちを一撃。

堪らずによろめく瞬間、強烈な足払いが襲い来る。

「ううっ……」

どっと石畳に叩き付けられた敵は、苦悶の声を上げながら失神した。

和馬が用いたのは中世から伝わる、捨て身の戦法の変化技。

本来は左腕に頑丈な籠手を嵌めて頭上にかざし、敵の斬撃を受け止めざまに右手の刃で仕留めるという荒技である。

防具がない状態で同じことを試みれば腕を斬り落とされてしまうため、和馬は敵が刀を振り下ろす寸前にかち上げたのだ。

捨て身で立ち向かっているようでいながら、あくまで冷静。

走り続けて疲れきった体では、多勢を相手に斬り合うことは難しい。

そこで刀を抜かずに自然体で立ち、最小限の動きで制する戦法を採ったのだ。自ら近間に踏み込むことで動揺を誘い、体の軸さえ崩してしまえば、後は転ばせるだけでいい。

その代わり、わずかでも見切りを誤れば逆に斬られてしまう。体力を保つのと引き換えに、尋常ならざる集中を要する一手であった。

和馬は眦を決して、迫る敵を打ち倒す。

「わっ⁉」

「うおっ」

頭数が半分を切ったとき、着流し姿の男が前に出た。

「退いておれ」

ただ一言で、残る面々は速やかに後退した。

気を失った者たちも仲間に抱えられ、和馬の周囲から邪魔者は消えた。

無言で向き合う二人の足許を、冷たい夜風が吹き抜けていく。

和馬を見据える男の視線は鋭い。

着流しの裾が翻り、太い足を腿まで露わにしていた。

男は鯉口を切り、鞘を引いて抜刀する。

応じて、和馬も脇差を抜き放つ。

右手で抜いた脇差を左手に持ち替え、逆手に構える。

内懐に踏み込んで制することは至難と即座に判じ、籠手の代わりに脇差を以て斬撃を阻む備えをしたのだ。

足許を吹き抜ける風は、まだ止まない。

おもむろに、男が間合いを詰め始めた。

対する和馬は動かない。

その場に踏みとどまり、迫る男を見据えている。

男の刀は長尺であった。

優に二尺六寸（約七八センチ）に及ぶであろう刀身を持て余すことなく、中段から上段に振りかぶる。

（柳生新陰流！）

男が取った構えは雷刀。

頭上に振りかぶった剛剣が、間を置くことなく斬り下ろされる。

構えこそ同じでも矢野が示したのとは格の違う、滑らかにして力強い所作だった。

闇を裂いて金属音が上がる。

見切りを誤ることなく、和馬が受け止めたのだ。

ぶつかり合った刀身が、ぎりっと鳴る。

圧し斬らんとする力は強かった。

腕だけではなく、足腰の力まで余さず込められているからだ。

脇差を支える和馬の左手が、ぶるっと震える。

耐えながら、和馬は右の拳を握り締める。

受け流した瞬間に拳を打ち込まねば勝機は得られぬが、男の力強くも機敏な動きを見るに、隙が生じるとは考え難い。

この場はいま再び、三十六計を決め込むより他にあるまい。

和馬の脇差が、すっと傾ぐ。

支えを失った男の刀が打っ外される。

和馬にやられた配下たちならば間を置くことなく鉄拳を叩き込まれ、為す術もなく足払いを喰らっただろう。

だが男は踏みとどまり、遅滞なく刀を振りかぶっていた。

和馬が反撃を試みたならば即座に斬り伏せられ、冷たい骸と化したはず。

しかし和馬は跳び退りざまに踵を返し、脱兎の如く走り出していた。

「捨て置け」

走り出さんとした配下を制しつつ、男は悠然と納刀する。

「お、御上(おかみ)……」

「ま、まことによろしいのでござるか」

「苦しゅうない」

戸惑う一同を見やり、御上と呼ばれた男はつぶやく。

「あの図体と濃い顔立ちは見覚えた……今宵はそれで十分じゃ」

誰も言葉を返せぬ中、男は薄く笑う。

「そのほうらを相手に疲弊した、今のあやつを倒したところでつまらぬ。改めて出て参りし折に雌雄を決し、存分に斬り伏せてくれようぞ」

鯉口を締めた男は、悠然と歩き出す。

愛宕下から去り行く足の運びは、底知れぬ余裕に満ちていた。

三

夜が更けゆく中、浜町河岸は今宵も穏やか。

斉茲は下屋敷の自室に五郎たちを通し、改めて話をしていた。

「お見それいたしやした、大殿様」

上座の斉茲を前にして、五郎は恐縮しきりであった。

「自身番までお出ましになられなかったら、ぜんぶ大殿様がお見通しでいなさるとは思わずに、勝手に動いちまうとこでござんした。勘弁してやっておくんなさいまし」

「苦しゅうない」

告げる斉茲の口調は、あくまで穏やか。

「間に合うた故、気にするには及ばぬ……したが、向後は自重いたせよ」

「へい」

五郎に続き、傍らに控える菊弥と三助も頭を下げる。

三人で額を突き合わせ、達した推理——多吉が又八に協力し、人形を何処かに持ち出したという説は、すでに斉茲も検証済みだった。

事実である可能性が高いと判じ、敢えて二人を泳がせていたのである。

もしも三人が迂闊に動いていれば又八ばかりか、多吉まで取り逃がすことになっていたかもしれない。

基本は図太い五郎が恐れ入り、平身低頭しているのも無理はなかった。

101-8405

書籍のご注文は82円
アンケートのみは62円
切手を貼ってください

東京都千代田区三崎町2-18-11

二見書房・時代小説係 行

ご住所 〒		
TEL - -	Eメール	
フリガナ		
お名前		(年令 才)

※誤送を防止するためアパート・マンション名は詳しくご記入ください。

17.11

愛読者アンケート

1 お買い上げタイトル
(　　　　　　　　　　　　　　　　　　　　　　　　　　　)

2 お買い求めの動機は？（複数回答可）
□ この著者のファンだった　□ 内容が面白そうだった
□ タイトルがよかった　□ 装丁（イラスト）がよかった
□ 広告を見た　　（新聞、雑誌名：　　　　　　　　　）
□ 紹介記事を見た（新聞、雑誌名：　　　　　　　　　）
□ 書店の店頭で　（書店名：　　　　　　　　　　　　）

3 ご職業
□ 会社員 □ 公務員 □ 学生 □ 主婦
□ 自由業 □ フリーター □ 無職 □ ご隠居
□ その他（　　　　　　　　　　　　　　　）

4 この本に対する評価は？
内容：□ 満足 □ やや満足 □ 普通 □ やや不満 □ 不満
定価：□ 満足 □ やや満足 □ 普通 □ やや不満 □ 不満
装丁：□ 満足 □ やや満足 □ 普通 □ やや不満 □ 不満

5 どんなジャンルの小説が読みたいですか？（複数回答可）
□ 江戸市井もの　□ 同心もの　□ 剣豪もの　□ 人情もの
□ 捕物　□ 股旅もの　□ 幕末もの　□ 伝奇もの
□ その他（　　　　　　　　）

6 好きな作家は？（複数回答・他社作家回答可）
(　　　　　　　　　　　　　　　　　　　　　　　　　　　)

7 時代小説文庫、本書の著者、当社に対するご意見、
ご感想、メッセージなどをお書きください。

ご協力ありがとうございました

「そのほうら、くれぐれも焦りは禁物ぞ」

一同に目を向けて、斉茲は言った。

「人形町通りの者たちは揃いも揃うて、べったら市に気持ちが向いておる。喉元過ぎれば熱さを忘れるの譬えのとおり、もはや人形市のことは頭に在るまい。みだりに動いて蒸し返さば、要らざる不安を与えるだけじゃ。あくまで陰にて動くことを忘れては相成らぬと心得よ」

「へい。肝に銘じやす」

真っ先に答えた五郎に続き、菊弥と三助も頷く。

殊勝な態度を見届けて、斉茲はつぶやいた。

「それにしても、窪田は遅いの」

「ちと表を見て参りましょう」

すかさず三助が立ち上がる。

そこに廊下を渡る足音が聞こえてきた。

「ご、御免……」

訪いを入れる声は、息も絶え絶え。

「く、窪田殿か」

慌てて三助が障子を開ける。

「た……ただいま戻って参りました……」

膝を揃えて告げる和馬は、座るのがやっとの有様だった。


三助たちは取り急ぎ、和馬の介抱に取りかかった。

二人がかりで湯殿に運び、汗を流させたのは三助と五郎。

その間に菊弥は着替えを用意し、湯から上がったところで身なりを調えさせた。

独り待つ間、斉茲は和馬に置いていかせた差料を検めていた。

正式拵の刀は、側面の鎬が傷だらけ。

脇差はよほど強い衝撃を受けたと見えて、半ばから曲がっていた。

鞘に納めきれぬ刀身を袂で隠し、人目を避けながら戻ってきたのだろう。

「窪田め、無茶をしおって」

苦笑交じりにつぶやいているところに、三助と五郎が姿を見せた。

「杉田、そのほうにまで雑作をかけてしもうて相済まぬの」

「いえ、滅相もありやせん」

労をねぎらう斉茲に一礼し、続けて五郎は言上した。

「多勢のさむれぇを相手にやり合ったとのことでございやす。頭目は尋常でない腕前だったとかで、体じゅうの筋がとんでもなく強張っておりやしたよ」

「さもあろう」

斉茲は頷くと、抜き身のままで横たえた脇差を示す。

「こいつぁひでぇや」

息を呑む五郎の傍らで、三助も目を剝いていた。

和馬の介抱をするのに懸命で、今まで気付かずにいたらしい。

「げに江戸は広いのう。世に潜みし手練が、幾らでも居るようじゃ」

驚く二人を前にして、斉茲はつぶやく。

「手の内が錬れておらぬ未熟者ならば、巻き藁を斬り損じただけで曲げてしまうことも珍しゅうはない……したが、窪田ほどの者には有り得ぬ話ぞ」

「その頭目の野郎は、とんでもねぇ遣い手のようでござんすね」

五郎が目を白黒させながら答えていると、菊弥が和馬を伴って現れた。

「もう大事はございませんよ。人心地つきなすったようですので……ひっ！」

敷居際で一礼した面を上げた途端、曲がった脇差が目に入ったらしい。

怯えて動けなくなった菊弥をそっと押し退け、和馬は敷居際で深々と頭を下げる。

「大儀であったの」

上座から告げる斉茲は常と変わらず、穏やかな笑みを浮かべて応じた。

和馬を迎えた一同は、改めて話を聞いた。

「ふむ……」

「思わぬ不覚を取り申した。面目次第もありませぬ」

「まぁまぁ、ともあれ無事でよかったじゃありやせんかい」

話し終えて恥じる和馬に、取り成すように五郎が言った。

「いずれにしても芝の辺りにゃ、しばらく足を踏み入れちゃいけやせん。和馬さんが細川様のご家中だってことは知られなかったにしても、その目立ちなさる姿形は覚えられちまったでしょうし、もしも相手がお大名だったら下手を打つわけにもいきますまい。お前さんはこの界隈にだけ目を光らせて、俺たちが埒を明けるのを待っていておくんなせぇよ」

「代わりに動いてもろうても構わぬのか、杉田殿」

「へっ、何も遠慮なさるにゃ及びませんぜ」

おずおずと問うた和馬に、五郎は明るく答える。

「ご大身が絡んでいなさるとなりゃ、どのみち表立って始末をつけるわけには参りやせんよ。それに手柄になるかもしれねぇことなら欲も出やすが、こいつぁ最初から損得抜きでやらせていただくこってすからね」

「及ばずながら私もお力になりますよ」

続いて菊弥が申し出た。

「練馬までご一緒した後はずっと舞台にかかりきりになっておりましたけど、おかげさまで来年も中村座に残れることになりました。しばらくの間は顔を出さなくても構わないって蘭之丞の兄さんも言ってくれておりますし、お気兼ねは要りません」

「そういうことだ、窪田殿」

最後に三助が言い添える。

「三人寄れば文殊の知恵と申すであろう。おぬしも加われば、大殿様のお見立てには及ばぬまでも頭が回り、相手を出し抜く策も考え付こうぞ」

「かたじけない」

協力を申し出た三人に、和馬は謝意を込めて頭を下げる。

安堵した様子で、五郎が言った。

「それにしても和馬さん、よく生きて帰れやしたね」

「うむ、まさに九死に一生を得た心持ちであった」

「ともあれ、ご無事で何よりでしたよ」

「手練を相手に、よくぞ耐え抜いたな」

菊弥と三助も微笑みながら、和馬の無事を喜び合う。

和やかな光景を、斉茲は無言で見守っていた。

四

翌日から改めて、一同による探索が始まった。

まずは手分けして人形町通りを調べ、又八が立ち戻った形跡がないのを確かめた。

大名か、あるいは旗本なのかは依然として定かではなかったが、和馬を襲った連中が仕える大身の武家に身を寄せ、その屋敷内に匿われているに相違あるまい。

「表から訪ねて廻ったところで、門前払いをされるだけのこった。ここは一丁、和馬さんを見習って体を張るとしようじゃねぇか」

五郎が提案したのは変装し、中間(ちゅうげん)部屋に探りを入れることだった。

大名も旗本も格式を保つため、屋敷内に大勢の中間を抱えている。

彼らが寝起きする部屋では束ね役の中間頭の仕切りの下、しばしば賭場が開かれるのが常だった。

もちろん素性が露見すれば無事では済むまいが、腹さえ括れば表立って探ることが難しい大名や大身旗本の屋敷も、中に入り込むのも容易なのである。

「下手をしたら、その場でバッサリってこともあるかも知れねぇ。菊の字も三助さんもほんとにいいのかい」

「はい、もとより覚悟の上ですよ。いざとなったら色仕掛けで切り抜けますので」

「奉公の口を求める渡り中間を装うて入り込まば、怪しまれることはあるまい。本命と思われる屋敷が見付かった折には、そのまま潜り込むといたそう」

「へっ、どっちもいい度胸をしてやがるぜ」

頼もしい答えを耳にして、五郎は微笑む。

謎を解く手がかりを見出すために、心を同じくして事に当たる所存であった。

「何ですか旦那、その形は？」

「まことに珍妙だぞ、杉田殿」

夕刻に愛宕下で待ち合わせた菊弥と三助は、五郎の姿を見るなり吹き出した。

「やかましいや。しっかり様になってるだろうが」

憮然とする五郎は派手な縞柄の着流しをまとい、六尺手ぬぐいで頬被りした遊び人風の装い。十手はもとより、大小の二刀も今は帯びていない。

舞台仕込みの女装で艶っぽい中年増になりすました菊弥と、法被だけを取り替えて渡り中間を装った三助の姿は日頃とさほど変わらぬが、同心姿を見慣れた五郎の変装は違和感があること夥しい。

「隠密廻ほどじゃねぇが、この手の探索は若え頃から場数を踏んでいるのだぜ。四の五の言わずに首尾を見てろってんだ」

「相分かった……お手並み拝見と参ろうぞ」

笑いを堪えて三助が言った。

「分かりました……また明日、こちらで……くくっ」

口許を押さえて頷きながらも、菊弥は失笑を抑えきれない。

「ちっ、どいつもこいつもふざけやがって」

念の入った変装をけなされ、五郎はすっかりお冠。

腐りながらも油断なく周囲を見回し、警戒することを怠ってはいなかった。

一方の和馬は、猪之吉に目を付けていた。

人形町通りの生き字引である猪之吉は、又八とは若い頃から仲が良い。他の連中が与り知らぬことまで、間違いなく承知のはずだ。

しかし面と向かって尋ねたところで素直に明かしてくれるとは思えぬ以上、密かに調べ上げるより他にあるまい。

同様に又八と繋がりが深く、人形を運び去った張本人と疑われる多吉は斉茲が依頼した仕事の進み具合を問うのにかこつけ、直々に探りを入れる運びとなった。

主君に探索を任せるなど畏れ多いことだが、もとより口数の少ない多吉をあれこれ問い質すよりも、斉茲がそれとなく尋ねたほうが確実と言えよう。

五郎たちが芝にて探索を始めた頃、和馬は下屋敷で斉茲と語り合っていた。

「何卒よしなにお頼みいたしまする、大殿様」

「苦しゅうない。すべては首尾よう事を成すためじゃ」

「されば明日も引き続き、猪之吉を見張って参ります」

「くれぐれも抜かるでないぞ。年の功とは侮り難きものだからの」

「それはもう、大殿様より常々学ばせていただいておりますれば」

「こやつめ、言うようになったのう」

「恐れ入りまする」

「その意気ならば大事あるまい。しかと励め」

「ははっ」

謹厳な面持ちで一礼し、和馬は斉茲の許から退出した。

御長屋に戻って早々に取りかかったのは手を洗い、おひつに残しておいた冷や飯を握って朝餉代わりの塩むすびを拵えること。

明日も夜明け前に起床して福々堂に出向き、仕込みの手伝いに取り組むためだ。

和馬たちによる探索は、あくまで陰にて行うのが前提。

べったら市を目前に控えて活気づく、人形町通りの愛すべき者たちに無用の不安を与えてはなるまいと心得ていた。

五

翌日も天気は上々だった。

千秋楽を前にして、中村座は今日も大入り満員。

和馬は楽屋と客席を行き来しながら、猪之吉の動きを見張っていた。

同行した小僧たちは常の如く、ほそかわ巻きを売るのに忙しい。

その様子を見守りながら、和馬は玄関先から目を離さない。

監視を離れるのは福々堂に取って返し、補充の菓子を運ぶときのみ。

本来はまとめ役の手代が一人で行うことだが、昼を過ぎても中村座に居残るために進んで買って出たのである。

「わぁ、もう届いたよ！」

「ちょうど売り切れたとこだったから、よかったねぇ」

「ほんとに助かりますよ、窪田様」

出来たてのほそかわ巻きを受け取る小僧たちに続き、助っ人をしてもらった手代も礼を述べる。

「気にいたすな。何程のことでもない」

笑みを返しながらも、少々後ろめたい和馬であった。

その日、猪之吉が動いた。

下足番の仕事を終えての帰り道、多吉を呑みに誘ったのである。

和馬は気配を殺し、抜かりなく後をつけていく。

中村座を出た後も目を離さず、尾行することを心がけていたのは幸いだった。

二人が連れ立って向かった先は、猪之吉が行きつけにしている居酒屋。いつも近所の男たちで賑わっており、人形町通りに馴染んで久しい和馬が出入りをしても不自然には思われない場所だった。

「いらっしゃいまし、旦那」

「冷やにしてくれ。肴は有り合わせで構わぬ」

暖簾を潜った和馬は、馴染みの親爺に言葉少なに注文をする。

猪之吉と多吉は板敷きの入れ込みの奥で向き合い、燗酒（かんざけ）を啜っていた。

和馬はさりげなく近くに座り、親爺から手渡されたちろりと小鉢を前に置く。

二人は気付く様子もなく、静かに言葉を交わしていた。

「お前さん、そんなに悩むことはあるめぇよ」

「とっつあん……」

「又八の人形の出来は、腕の違いだけじゃねぇ。あいつの生きざまってやつがぜんぶ込められてるから、血が通ってるみてぇに見えるのさね」

「幾ら追いつきたくて励んでも、無理ってことかい……」

「いいから何も言いなさんな。それよりも、浜町様の御用をきっちりとやり遂げな」

聞かれたところで、差し障りの無さそうなやり取りであった。

しかし、和馬は二人から離れない。

このところ斉茲は毎日、お忍びで多吉の許に足を運んでいた。

姫人形を仕上げる手が止まったままになっているのがなぜなのか、さりげなく催促をしに日参していたのである。もっともな用向きだけに、多吉も斉茲と日々顔を合わせざるを得ない。猪之吉はそんな多吉の状況を踏まえて、悩みを聞いてやるべく誘い出したのだろう。

多吉の手が止まったのは又八が姿を消した直後のこと。愚痴る言葉の中にも、何かが隠されているかも知れない。

一言たりとも聞き逃すまいと、和馬は耳を澄ませ続ける。

神無月も今日で十四日。

明日で芝居町は千秋楽を迎え、いよいよ人々の関心はべったら市のみに絞られる。

この平穏を乱すことなく、速やかに事件を解決しなくてはならなかった。

六

その頃、斉茲は意外な人物を下屋敷に招いていた。

「よう参ったの。さ、近う」

「……うぬ、何が狙いだ」

二人きりになって座敷で向き合いながらも、矢野は警戒を解かずにいる。

「俺を嬲(なぶ)るのも大概にせい。人払いをさせたと言うておきながら、隣室に何者かを忍ばせておるではないか？」

「ふっ、さすがは腐っても武芸自慢で鳴らした男だの」

指摘されても動じることなく、斉茲は微笑み交じりに答える。

「控えおるのは刺客(しかく)に非ず。おぬしも面識のある、儂の手の者たちぞ」

言葉どおり、次の間には五郎と菊弥、三助が身を潜めていた。

体を張った聞き込みも功を奏さず、和馬が人形町通りへ出かけたのと入れ替わりに下屋敷を訪れ、不首尾に終わった旨を報告したまま居残らされたのだ。

五郎たちとて何の当ても無く、闇雲に駆けずり回ったわけではない。

調べを付ける上で手がかりとしたのは、和馬が渡り合った敵の頭目が柳生新陰流の並外れた遣い手だったことである。

将軍家の御流儀と定められた柳生新陰流は、誰もが学べる流派ではなかった。

所も同じ大名小路に屋敷を構える江戸柳生家の道場に入門できるのは、直参旗本の中でも御大身の子弟のみ。微禄の小旗本や御家人は特例で末席に加えられても、肩身の狭い思いを強いられる。大名も徳川の一門に近い家でなければ教えを受けることは叶わず、尾張徳川家の御流儀である尾張柳生家に伝手を頼って入門するか、あるいは江戸や尾張で学んだ者を招聘するより他にない。

五郎たちはその点を踏まえて探りを入れる先を絞り、一晩かけて調べ歩いたものの疑わしい屋敷は見付からなかった。

斉茲はその報告を受けた上で矢野に文を送り、呼び出したのだ。

供侍は全員、乗物を担いできた陸尺ともども門の外で待たせてある。

弱みを握られている矢野としては、従わざるを得なかった。

黙り込んだ矢野を見返し、斉茲は淡々と語りかけた。

「おぬしには貸しがある。忘れてはおるまいの」

「……大川堤での一件を、口外してはおらぬと申すのだな？」

「左様。本来ならば江戸じゅうに広めてやりたいところなれど、今のところは誰にも明かしてはおらぬ。約定に違わず大人しゅうしておる限り、これより先も儂と窪田の胸の内に留め置く所存じゃ。何事も、おぬしの出方次第と心得よ」

「うぬっ、図に乗りおって！」

「逆らわぬのが賢明ぞ。おぬしが騒ぎ立てれば儂も新たに知ることとなる者が増えてしまう故な」

思わず立ち上がらんとした矢野を、斉茲は即座に黙らせた。

「おぬしにも体面は有るだろう。残りし面目を潰されたくなくば、殊勝にいたせ」

「……何が望みだ」

しばしの間を置き、矢野はつぶやく。もはや逆らう意志も失せたと見えて、日頃の傲慢さもすっかり鳴りを潜めていた。

「……これは界隈では公然の秘事なのだ。俺が明かしたとは口外いたすでないぞ」

斉茲から話を聞かされ、矢野は迷いながらも答えを教えてくれた。

「その家中に又八が匿われておると申すのは、間違いなきことなのだな？」

「今さら偽りは申さぬ」

念を押す斉茲に、矢野は静かな口調で告げる。

「それなる若君がおわすは小大名なれど松平の御一門にして、将軍家とのつながりも深き御家じゃ。如何におぬしとて、迂闊に手を出さば無事では済むまいぞ」

「忠告は有難く受けておこう」

「年寄りの冷や水も大概にすることだ」

願わくば不覚を取り、お咎めを受ければいい。

そんな願いを面に滲ませながらも、答える態度はあくまで素直。

辻褄も合っている以上、疑う余地はなかった。

和馬が下屋敷に戻ったのは、矢野が引き上げたすぐ後のことだった。

「あやつをお呼びになられたのでございますのか、大殿様⁉」

「案ずるには及ばぬ。尻に帆をかけて退散しおった故、大事あるまい」

驚きの余りに酔いも醒めた様子の和馬を、斉茲は五郎たちともども前に座らせる。

その上で告げたのは矢野から聞き出した、思わぬ話。

「冥婚（めいこん）、にございまするか……？」

「独り身のまま死した者を供養するため、あの世での伴侶を用意することぞ。その御家中においては当主はもとより、臣下の間でも代々重んじられし習わしだそうじゃ」

「そのための人形を、又八が手がけておったのですか……」

「儂に黙って江戸から離れたのも、その儀を密かに命じられたが故らしいの。なまじ名人と評判を取ったことが災いし、目を付けられたのであろうの……」

和馬に告げる、斉茲の声は切なげ。

又八を取り込んだ相手の気持ちが分かるだけに、胸中は複雑だった。

七

大名小路の一角を占める屋敷内に、又八の仕事場は設けられていた。

雑然とした板敷きの部屋に散乱していたのは、市松人形の頭（かしら）の下地。

いずれも仕上げの半ばで放り出され、中には植えかけの髪を乱し、生首の如く転がされたものもある。

異様な光景の中、又八は二人の武士に詰め寄られていた。

「そのほう、いつまで弟君の御霊（みたま）をお待たせいたす所存じゃ？　このままでは我らの面目も丸潰れであろうが⁉」

「すみやせん。古巣に戻れば、勘も戻るんじゃねぇかと思ったんですが……」

「この穀潰しめ。引き立ててやった恩を忘れおって！」

灯火の下で代わる代わる又八を責め立てていたのは、この屋敷を預かる江戸家老と用人だった。

この春に赴任したばかりの江戸家老は国許では長らく人形奉行を仰せつかり、用人はその配下として、臣下の冥婚に関する一切を取り仕切っていた。

共に長年に亘る実績を買われて栄転したにも拘わらず、満を持して江戸まで連れてきた抱えの人形師が大事な仕事を未だ全うできずにいるとあっては、二人して焦りを隠せずにいたのも無理はあるまい。

苛立つ男たちを前にして、又八は黙り込んでいた。

怒声を浴びせられたが故ではないのは新たな下地を前に据え、作業を始めんとしていることからも明らかである。

しかし肝心の手は動かず、皺だらけの顔から汗を滴らせるばかり。

「うぬ、申し開きをいたさぬかっ」

白髪交じりの頭を振り立て、江戸家老が金切り声を上げる。

そこに廊下を渡る足音が近付いてきた。

案内も乞わずに障子を開けたのは、身の丈の高い武士。

面長で目も鼻も大きい顔は、傲慢にして力強い。

過日に和馬を追い込んだ、あの若い男であった。

「お、御上……」

「ははーっ」

江戸家老と用人が慌てて平伏する。

「苦しゅうない」

面倒臭げに二人に告げると、男は又八に視線を向けた。

「そのほう、一別(いちべつ)以来だったの」

無言で頭を下げているのを見返し、続けて語りかける。

「もとより承知の上であろうが、我が弟の供養は目の前じゃ……。一両日の内に余が認める出来の花嫁人形を造り上げねば、その白髪首を代わりに落とす。前もって申し渡したことなれば、今さら言い訳は通じぬぞ」

「重々心得ておりやす、お殿様」

「ならば良い。励め」

平伏したままの又八に告げ置き、踵を返す。

「御上」

「お、お待ちくださいませ」

江戸家老と用人が後を追いかけ、あたふたと仕事場から出て行った。

独り取り残された又八は、新たな下地に向き直る。

すでに削りと磨きを終えて、上塗りも済んでいた。

しかし、どうしてもその先が進まない。

長らく国許で冥婚人形を手がけていた又八が江戸に呼び出されたのは、この春先に未婚のまま亡くなった、藩主の弟を弔う人形を造ること。

造りかけては壊すことを繰り返していたのは、より良い出来を求めたが故だけではないらしい。

又八の両の手には依然として、肉刺(まめ)も胼胝(たこ)も見当たらない。

すべては名人と評判を取ったが故に目を付けられ、お抱えの人形師とされたことに端を発する悲劇であった。

第六章　恥は知らない

一

障子越しの夕陽に浮かぶ、その部屋の光景は異様と言うより他になかった。

向かって右手の壁は、刀で埋め尽くされていた。

刀架は床の間に置いて大小の二刀を架けるだけの代物ではない。剣術の道場に在る木刀架けと似た造りのものが三つ、壁面に並べて作り付けられている。

上から下にずらりと掛けられた刀は、凝った拵えのものばかり。

いずれも手入れが行き届いており、柄頭にも目貫にも緑青ひとつ浮いていない。

それでいて糸で巻かれた柄は日頃から手慣らしていることの証左に、革の如く光沢を帯びていた。この部屋のあるじは刀を愛でると同時に、その扱いに熟達すべく鍛錬を日々重ねる身なのだ。

一方の壁には、棚が作り付けられていた。

整然と並んでいるのは市松人形。

それぞれ造り手が異なるらしく顔立ちに違いはあるが、どれも幼い子どもではなく年頃の娘を模していた。

珍しいものだが、これだけでは異様と言うには及ぶまい。

刀剣と人形を等しく好んだところで、咎められることではないだろう。

だが、その部屋の人形たちはことごとく白無垢（しろむく）をまとい、綿帽子（わたぼうし）を被っていた。

市松人形は持ち主が好みで衣装を用意し、着せ替えをして楽しむもの。

何を着せようと勝手であるが、大人の姿に造られた上に花嫁衣裳をまとった人形が大量に飾られている光景は、さすがに奇異と言わざるを得なかった。

異様極まる一室に、足音が近付いてくる。

「お待ちくだされ、御上」

「な、何卒、お話を……」

追いすがる白髪交じりの江戸家老は木戸（きど）、その腰巾着である用人は田辺（たなべ）という。

小太りと痩せぎすの二人組に耳を貸さず、憤然と廊下を渡るあるじはまだ若い。

その名は松平輝七郎。

十一代将軍として天下を治める徳川家斉公が若かりし頃、お手付きの奥女中に産ませた子である。世間体を憚られて正式な息子とは認められず、生まれてすぐに一門の松平家へ養子に出されて後継ぎとなり、小大名となっていた。

闇から闇へ葬られずに済んだのは、父である家斉公の温情故のことだった。

成人して久しい嫡男の家慶に未だ将軍職を譲らず、齢を重ねても壮健な家斉公は十人を超える側室を抱えて数多の子を産ませたため、世間からは色好みと揶揄されがちだが交渉事に長けている上に膂力に秀でた、知勇兼備の将の一面も備え持つ。

輝七郎は実の父親の長所を受け継ぎ、上屋敷に最寄りの柳生藩邸の道場に江戸勤番のたびにお忍びで通い詰め、鍛錬を積んだ新陰流の技量は非凡。国許においては善政を敷いて領民の支持も厚い。武芸のみならず刀剣をこよなく好み、値を厭わず買い求めて散財するのが玉に瑕ながら、他は何ら問題ない。多少なりとも将軍家の威光が効いているのか、幕府が干渉してくることもなかった。

名君と呼ぶに値する青年に育った大名が突如として常軌を逸したのは、この春先のことだった。

「御上っ」

「お、お待ちを……」

後を追ってきた二人の面前で、ぴしゃりと障子が閉じられる。

刀と人形だらけの自室に入り、輝七郎は畳に膝を突く。

「許せ、太郎次（たろうじ）……」

虚空に向かって独りつぶやく声は、先程までとは一転して弱々しい。

「余はおぬしを武門の家の男らしゅう、鍛えてやりたかっただけなのじゃ……強がりなど申さず、あれしきの一撃も受けきれぬほど稽古を怠っていたと明かしてくれれば幾らでも手加減したものを……許せ太郎次、許してくれっ……」

沈みゆく夕陽が、涙ぐむ横顔を照らしている。

太郎次とは、国許で暮らしていた弟の名前である。

江戸への参勤を前にして輝七郎が剣術の稽古をつけた際、誤って木刀で打ち殺してしまったのだ。

太郎次は輝七郎と血の繋がらぬ、今は亡き養父の一人息子であった。

正室から生まれた大名の息子は将軍家の人質とされ、本来ならば母子ともども江戸の上屋敷で暮らすことを課せられる。しかし太郎次は、養嗣子（ようしし）として迎えられた輝七郎がすでに家督を継いでいたため、誕生して早々に国許へ身柄を移されて成長した。

産後の肥立ちが悪かった母親が太郎次を産んで早々に亡くなり、父親も先年に病(やまい)で物故していたのは、今となっては不幸中の幸いだったと言えよう。

誰も咎める者がいないとはいえ、弟の命を奪った事実は変わらない。

輝七郎は無言で腰を上げた。

火打石を打った火花を火口(ほぐち)に移し、行灯に火を入れる。

この部屋には誰も近付けず、明かりを灯すばかりでなく掃除も自ら行っている。

家督を継ぎ、当主の務めとして江戸参勤を始めて以来のことだった。

参勤といっても、実の父である家斉公への拝謁は形ばかり。役目を申し付けられることもなく、ただ一年を過ごすだけの無聊を、これまでは最寄りの柳生家の道場での稽古、そして名刀を集めることで慰めてきた。

だが今年は、弟を打ち殺した悔悟の念を抱いての出府。

否応なしに江戸まで出て来たものの何もやる気が起こらず、この部屋の掃除と刀の手入れをする他のことには手が付かずにいた。

このままではいけない。

懊悩(おうのう)の末に輝七郎が決意したのは、弟に冥婚人形を用意すること。

まだ元服して間もなかった太郎次は、嫁を迎えずに逝ってしまった。

償うために一日も早く、最高の花嫁とあの世で添わせてやりたいのだ。

自身も独り身の輝七郎だが義理の両親がすでに亡い以上、親代わりとして弟の婚儀を執り行うべき立場に在る。

国許に古くから伝わる冥婚の習慣は元々、東北から移封された藩主の一族を通じて領内に広まったものである。

かつては必要となるたびに取り寄せていたとのことだが、ちょうど輝七郎が養子に迎えられて間もない頃、江戸で名人と謳われた又八を召し抱える運びとなった。

当時は江戸で用人を務めていた木戸が見出し、推挙してのことである。

本業の浄瑠璃人形造りで鍛えた腕前は、余技として取り組んでいたという市松人形にも遺憾なく発揮され、あたかも生きているかの如き出来映えを示した。

その折に献上された人形は今も城中の藩主の御座所に飾られており、輝七郎も毎日接していた。先代の藩主だった輝七郎の義父が即座に又八を取り立て、城下に住まわせた上でお抱えの人形師として働かせると決めたのも、あの出来ならば頷ける。

それから長きに亘って藩主の一族、更には臣民のために多くの人形を手がけてきた又八を江戸に連れて来させたのは、目の届く場所に置いて傑作を造らせるため。一日も早く、弟の嫁御とするにふさわしい人形を完成させたいが故のことであった。

しかし又八の腕は一向に振るわず、途中で手が止まっては壊すばかり。

慌てた木戸は田辺に命じ、代わりの人形をあちこちから取り寄せさせたが、輝七郎の目に適(かな)う逸品は未だ見付からない。

どうしても又八が無理ならば代わりを選ぼうと考え、自室に設けさせた棚に並べた上で日々眺めてはいるものの、いずれも亡き弟に冥土で添わせるのにふさわしいとは思えずにいた。

すでに棚は一杯となったため、代わりの人形を手配するのは止めさせている。

やはり、頼むに値するのは又八のみ。

古巣に戻って勘を取り戻したいと願い出たのを認め、しばらく屋敷から離れることを許したものの、何かが得られた様子は見受けられない。

堪り兼ねて脅しはしたものの、さすがに命まで奪うつもりはなかった。

せいぜい奮起し、次こそ傑作を仕上げてくれれば良い。

それを阻まんとする者は、何人(なんぴと)たりとも許すまい――。

「あやつ、大した腕前であったな」

淡い灯火の下で、輝七郎はつぶやく。

「斬るには惜しいが、又八の身柄を奪おうとしおるのならば見過ごせぬ。次こそ必ず返り討ちにしてくれるわ……」

剣呑（けんのん）な言葉を口にしながらも、なぜか微笑みを浮かべている。

天与の才に磨きをかけた輝七郎に伍する者は、もはや家中には一人も居ない。

久方ぶりの充実した手合わせは、弟を弔うことで罪の意識から逃れんとするばかりだった輝七郎に、奇妙な充足をもたらしていた。

二

江戸家老ともなれば、執務するための個室を屋敷内に与えられている。

「もはや猶予はありませぬぞ、ご家老」

木戸に続いて用部屋に入るなり、田辺は告げてきた。

「このままでは又八だけにとどまらず、我らまで咎めを受けることになりましょう」

「これ、落ち着け」

上座から木戸が宥めても、田辺の動揺は収まらない。

「又八はもはや名人に非ず、真に秀でた腕を持っておるのは二代目とその弟子たちということを、思い切って申し上げるべきではありませぬか？」

言い止まぬ田辺を叱り付け、木戸は声を低めて説き聞かせた。

「御上はもとより国許の者たちも、又八の評判を信じきっておるのだぞ。今や使い物にならぬ、ただの老いぼれと露見いたさば我らを介して人形を購う者は絶え、我らが代々に亘りて享受して参った甘い汁も吸えなくなってしまうわ」

「も、申し訳ありませぬ」

貧相な顔を強張らせながら、不安が尽きぬ様子で田辺は問う。

「されどご家老、肝心の又八がこのままでは……」

「案ずるには及ばぬ。すでに手は打ってある故な」

「と、申されますと？」

「御城下より十郎を呼び寄せた」

「何と……」

「御上はもとより江戸詰めの者たちに知られるわけには参らぬ故、向島に儂が構えし寮に逗留させておるのじゃ」

「左様にございましたのか。さすがはご家老、手回しのお早いことで」

「ふっ……備えあれば憂えなしぞ」

驚きながらも安堵した田辺に、木戸は低い鼻を蠢かせてうそぶいた。

「確かに又八はよう働いてくれたがの、もはや役に立たぬとなれば情けをかけるに及ぶまい。あやつがお手討ちにされし後、十郎に造らせておる代わりの人形をご披露いたさば、御上も否やは申されぬであろう。それにて弟君の一件は落着。我らが行く末も安泰という次第ぞ」

「左様に願いたいものでございまするな」

行灯に火を入れながら、田辺が答える。

「そのように事を運ばねばならぬのだ。おぬしも左様に心得よ」

「ははっ」

「これほど余禄の多き役目、ゆめゆめ失うてはなるまいぞ」

「げに冥婚とは有難き風習にございまするな、ご家老」

にやりと笑う木戸に追従し、田辺も灯火の下で頰を緩めた。

木戸が亡き先代藩主に又八を推挙し、人形奉行という役職が新設されるように事を運んだのは、御家のためを考えてのことではない。藩に伝わる風習に目を付け、私腹を肥やすのが真の狙いであった。

本来の冥婚は未婚で亡くなった者が生きていれば年頃となった時期に花嫁、もしくは花婿の姿を模した人形を用意し、故人を象った人形と一対にして仏前に供える。

死んだ子の年を数えるのは虚しいこととも言われるが、肉親に先立たれた親兄弟は故人を偲び、そうせずにはいられない。若くして亡くなったのならば尚のことだ。

木戸はそんな身内の気持ちに付け込み、儲けようと企んだのである。

日の本では天然痘など、避けられぬ病に罹って命を落とす幼子が多い。

国許も例外ではなく、先立たれて悲嘆に暮れる夫婦が少なくなかった。

不幸に見舞われた一家が冥婚を執り行うのは、本来ならば何年も先のこと。

それでは人形が必要とされるまで時がかかりすぎるため、木戸は人形奉行になると同時に領内へ触れを出した。

元服前に亡くなった子が嫁や婿を取るはずだった時期まで待てば、年を重ねるごとに悲しみが増すばかり。

ならば葬儀を終えて早々に冥婚を執り行うことで先々の不安を無くし、死者と生者が共に安心できる習慣を作れば良い——。

先代藩主から許しを得た上で実行した目論見は当たり、又八に造らせた人形は武家だけにはとどまらず、領民にも飛ぶように売れた。

勝手に冥婚を執り行うのを禁じ、供養に用いる人形は奉行を通じて購うことを義務付けたのは、わざと高値を付けた上で中抜きをするのが狙い。

元値が安い市松人形なればこそ、可能なことだ。

冥婚に多く用いられる博多人形は窯で焼いて仕上げるため、手間がかかる上に同じものを量産するのも難しい。故に浄瑠璃人形の職人でありながら市松人形を造るのに長けた又八に目を付け、甘言を弄して国許に連れてきたのだ。

仏前に供えたままにしておくのではなく、手に取って我が子の如く慈しむのがより良い供養になると理由付けをしたのは、あくまで建て前。

かくして私腹を肥やした上で、木戸は家老にまでのし上がったのである。

「人形奉行の役目は儂の倅に譲り、配下を束ねる筆頭与力はおぬしが倅。これより先は何もせず、月々の儲けが届くのを待つばかりぞ」

「先月もなかなかの売り上げにございましたな、ご家老」

うそぶく木戸に田辺は微笑む。

「おかげで思うがままに酒色に興じ、余生を楽しませていただいておりまする」

「ふふっ、お互いにの」

鼻の下を伸ばした顔で、悪しき二人は語り合う。

「冥婚という結構な習わしが絶えぬ限り、人形は売れ続けるのじゃ。役立たずの又八に速やかに引導を渡して十郎に跡を継がせ、更に数を造らせねばの……そのためには何としても、御上にあやつを見限っていただかねばと思うておったが、まさに渡りに船であったのう」

「弟君にはまことにお気の毒なれど、こたびの御用はお誂え向きだったということでございまするな」

「そういうことじゃ」

悪しき二人は笑みを交わし合った。

「又八への叱咤は形だけで構わぬ。どのみち、あの様子では間に合うまいがのう」

「心得ました。もっともらしゅう尻を叩いて、仕損じてもらうのを心待ちにいたしましょう……してご家老、十郎に造らせし人形はいつ完成するのでございますか」

「今朝がた届いた知らせによると、明日には仕上がるとのことじゃ」

「御上が切られた日限は一両日中なれば、間違いのう又八を出し抜けまするな」

「受け取りはおぬしに任せる」

「ははっ」

木戸の指示に頷き、田辺は告げる。

「人形様々にございますな、ご家老」

「まことだのう。おぬしが受け取って参る人形も、せいぜい拝むといたそうぞ」

二人の悪しき企みを、あるじの輝七郎は知らずにいる。

仕事場で独り悩むばかりの又八も、また同じであった。

三

日が改まって十五日。

福々堂で仕込みを終えた和馬は手代と共に小僧たちを引率し、ほそかわ巻きを山と抱えて芝居町を訪れた。

千秋楽を迎えた市村座は大入り満員。

菊弥は楚々とした腰元に扮し、晴れやかな顔で舞台に立っていた。

「よっ、菊弥ぁ！」

「待ってました‼」

相も変わらず台詞（せりふ）の無い役ではあるが、人気は上々。傷めた左足もすっかり癒えた菊弥の立ち姿は美しく、役者衆の中でも群を抜いて艶やかであった。

「菊弥さん、張り切ってますね」

「うむ……」


客席の隅で舞台を見守りながら、和馬は手代の言葉に微笑む。

自分も調べに出向くと言い張る菊弥を説き伏せたのは、斉茲である。

芝居町が活況を呈するのは、人形町通りにとっても大事なこと。そのためには看板役者だけではなく、端役たちにも輝いていてもらいたい。

故に菊弥は探索を五郎と三助に任せ、蘭之丞から許しを得た上で舞台に立つ運びとなったのだ。

そして和馬は引き続き、猪之吉から目を離さずにいた。

今日も猪之吉は客の履き物を預かって汚れを拭き、並べる作業に勤しんでいる。

日の高いうちは、妙な動きをすることはあるまい。

又八と再び接触するならば舞台が幕となり、手が空いた後のはずだ。

多吉には三助が張り付いており、五郎は芝を改めて探索中。矢野が明かした話に基づき、松平輝七郎の動向を探っている。

やり方はそれぞれ違っても、目的は変わらない。

今度こそ又八の身柄を押さえ、真意を訊き出すのだ。

古巣の町へ戻って早々に、逃げるが如く姿を消したのか。福々堂の土蔵から人形が根こそぎ盗み出された、あの一件に実は関わっているのではあるまいか――。

そして今、五郎は猪牙で大川を遡っていた。

先を行く船に乗っているのは輝七郎の江戸参勤に従い、この春に出府した藩士。

田辺という藩士は藩邸内の雑事を取り仕切る、用人を務める身。

何かと忙しい立場でありながら人目を忍んで、しかも供も連れずに昼日中から外出するとは如何にも怪しい。故に屋敷内に籠もりきりで動かずにいると分かった輝七郎を見張ることよりも優先し、尾行してきたのである。

相手に気取られることなく後をつけるのも、捕物御用が役目の定廻同心として年季の入った身には容易い。

雇った船頭も心得たもので、付かず離れずに猪牙を漕ぎ進める。

田辺を乗せた船は吾妻橋を過ぎたところで、東の岸に舳先を向けた。

風に波立つ川面を横切って、見えてきたのは向島。

八代吉宗公が桜並木を植えさせた大川堤を擁する、閑静な地である。

川面に面した武家地を占めるのは水戸藩の下屋敷。

手前を流れる北十間川は、大川に繋がる運河として活用されている。

田辺は北十間川の河口を避け、堤の下の船着き場に降り立った。

それを見届けた五郎は、手前の岸辺に猪牙を着けさせる。

「ご苦労だったな」

船頭に心付けの銭を握らせ、羽織を脱いで歩き出す。

十月も半ばを迎え、大川を吹き渡る風は冷たさを増している。

薄い背中を丸めて歩く田辺を追いながら、五郎が取り出したのは六尺手ぬぐい。

頬被りをして顔を隠し、脱いだ羽織は風呂敷に包んで脇に抱える。着物も廻方同心に定番の装いである黄八丈では目立つため、今日は茶無地の木綿物を選んでいた。

水戸藩下屋敷の裏手には田畑が拡がる一方、分限者が構えた寮が多い。

田辺が訪ねたのも、その手の瀟洒な一軒家であった。

（幾ら用人でも、妾を囲うほどには私腹を肥やしちゃいねぇだろうよ。さーて、誰の持ち家なんだろうな……）

胸の内でつぶやきつつ身を潜め、五郎は様子を窺う。

生け垣に囲まれた寮の表では、武骨な侍が目を光らせていた。

裏にも一人、見張りが立っている。

いずれも垢抜けない、江戸で浅葱裏と呼ばれる手合いである。

身なりこそ野暮ったいが、腕前は侮れない。

（体の軸がしっかり通ってるな。刀も手慣らしたもんだ……日頃から抜き差しをしていなけりゃ、ああはなるめぇ）

油断なく立つ姿と光沢を帯びた柄を見て、五郎はそう悟った。

警戒が厳しいのは、家中において重要な立場の者が居る証し。

田辺が出て来る様子はない。

中に入り込めぬ以上、近所で聞き込みをするまでだ。

踵を返し、五郎は頬被りをしていた手ぬぐいを取る。

羽織も袖を通した上で裾を巻き、懐に忍ばせていた十手を後ろ腰に差す。

知りたいことを尋ねて廻るときには町奉行より授かった朱房の十手、そして一目で捕物御用に携わる身と分かる装いが役に立つ。

あの寮に籠もっているのが誰であれ、隣近所の目は避けられぬものである。

必ずや手がかりを得た上で、斉茲へ注進に及ぶ所存であった。

四

五郎が立ち去った後も、寮の中は静まり返っていた。

こぢんまりした玄関には誰も居なかった。

裏の勝手口を入った先の土間と台所にも、人影は見当たらない。

玄関から続く廊下を渡った突き当たりは、厠と湯殿。

中庭に面した板敷きの部屋は、なぜか障子が開け放たれていた。

部屋の中にはおがくずと麩糊を固めた人形の生地の削りかすが散らばり、植える際に長さを調えた髪の切れ端が、縁側から吹き込む風に舞っている。

田辺は隣の座敷に立ち、鑿(のみ)を振りかざした若い男と向き合っていた。

「お、落ち着くのだ、十郎」

貧相な顔を青くしながらも、田辺は大声を上げられない。

対する男は落ち着いていた。

小柄で目鼻の造りも地味な、目立たぬ外見。

「田辺様、私は何も無理など申してはおりません」

語りかける口調は、あくまで穏やかだった。

「ご覧になられたものをお忘れくださるとお約束くださいませ」

念を押す若い男も声を低め、表の侍たちにまで聞こえぬように努めていた。

鑿を向けた相手は、田辺ではない。

鋭い先を突き付けられていたのは、胸に抱え込んだ市松人形。

隙を衝いて奪われぬための用心なのか、ちいさな胴に腕をしっかり回している。

顔は大人の女性を象り、頭もきちんと髷を結った形に造られていた。

表情のない顔で、十郎と呼ばれた男は田辺に告げた。

「この人形が傷物になれば、木戸様はさぞお困りになられることでしょうね。田辺様もお咎めを受け、御国表のご家族も無事では済みますまい」

「む、無茶を申すな」

止める田辺の口調は弱々しい。

十郎も、殊更に声を張り上げはしない。

表に居る二人の侍は、木戸が付けた家士。国許からの道中だけではなく、江戸での滞在先としてあてがわれた、この寮においても警固の任を務めている。あるじの木戸に命じられたが故のことであり、十郎のためとは違う。

騒ぎに気付けば十郎は取り押さえられ、人形は奪い取られるに相違ない。

だが鑿を突き付けている限りは何もできぬであろうし、造り手である十郎のことも傷付けられまい。それだけ値打ちがあると見込まれたからこそ、国許から遠く離れた江戸に呼ばれたことを当人も承知の上なのだろう。

それにしても己が作品を盾に取って脅すとは、暴挙以外の何事でもあるまい。

「と、とにかく落ち着け」

動転しながらも懸命に、田辺は呼びかける。

「それなる人形はおぬしが精魂を込めたものであろう？　自ら損ねて何とするのだ」

「なればこそ、壊すも勝手と存じます」

「無礼者め、こたびの御用は畏れ多くも……」

「たとえ御上のご用命でも、お渡しするまでは私のもの。どのように扱うたところで構いますまい」

「お、おのれっ……」

「料簡していただけませぬか、田辺様」

動揺を隠せぬ田辺を見返し、十郎は静かに告げた。

「先程ご覧になってしまわれた、私が納戸に隠し置いておるものについて誰にも口外なさらぬとお約束ください。さすれば、この人形は謹んでお渡しいたしましょう」

「まことか？」

「この期に及んで、偽りは申しませぬ」

「あ、あれは一体、何としたのだ」

「木戸様のご配下として人形を扱うてこられた田辺様ならば、造り手は察しがついておられましょう」

「……又八とおぬしが古巣である、人形町通りの職人どもの作だろう」

じっと見つめる視線に耐え兼ねた様子で、田辺は言った。

「今年は参らなんだが、在府の年には欠かさず足を運んでおったからの。又八の弟子は多吉と申す者の他は去り、今は甚六とやらの流れを汲んだ職人が大半を占めておるとの由だが、どの者も並々ならぬ技量を備えておる。納戸に隠し置かれしものも面相の仕上げぶりは別物なれど、浄瑠璃人形造りの余技とは思えぬ出来であった」

「ご明察にございます」

言葉少なに答える十郎は、口を微かに歪めている。

「落ち着け、十郎」

すかさず宥めた上で、話を逸らすかの如く田辺は問うた。

「あれほどの数の市松人形を、おぬしは如何にして手に入れたのだ」

「市で売りに出すものを、まとめて頂戴したのですよ。私の頼みを断りきれない奴に手引きをさせまして……ね」

「見張りの者に気取らせず、あの量を運び込んだと申すのか」

「受け取りを頼みましたので、運んだことはもちろんご存じですよ。箱の中はぜんぶ下地ということにしてありますがね……」

怒りを滲ませながらも、十郎は答えた。

「それなのに誰かが余計な知恵を授けたようで、あいつらは急場を凌ぎやがった……とりわけ目障りな奴の造った人形は取り上げ損ねるし、まったくの無駄でしたよ」

「十郎、おぬし……」

悔しげに顔を歪めるのを前にして、田辺は言い淀む。

どうやら十郎は古巣に対し、深い恨みを抱いていると見受けられた。

木戸と共に初めて訪れた際、又八を見出すきっかけとなった催しは人形町通りの名を江戸市中に広める、絶好の折でもある。

あの人形市を妨害すべく、十郎は売り物を根こそぎ奪い取ったのだ。

しかし、今年は常にも増して盛況だったらしい。

田辺も直に足を運んではいないものの、見物に訪れた藩士が噂をするのを耳にしていた。浄瑠璃人形の実演で客の目を惹く一方、作り置きをするばかりではなく注文をその場で受け付けて縫い上げ、衣装には高価な裂を惜しまず用いた郷土人形が、大層な評判を集めたと聞き及んでいる。満を持しての企てが水泡に帰したとなれば、感情を面に出さぬ十郎が憤りを露わにするのも無理はなかった。

「……田辺様」

「な、何だ」

急に話を向けられ、田辺は顔を強張らせる。

十郎はすでに鑿を下ろしていたが、油断はできまい。

果たして、十郎は思わぬことを告げてきた。

「この人形のお代は一文も要りません……お望みならば納戸のものもすべて差し上げますので、ご勝手に売り払ってくださいまし」

そんな上手い話が、あるはずもない。

「な、何が望みだ」

「四日の後に催される、べったら市のことはご存じですか」

「う、うむ」

「売り物のべったら漬けが運ばれてくるのを待ち伏せて、ぜんぶ奪ってください」

「ぞ、賊の真似事をせよと申すのか⁉」

「人形と合わせれば、大した儲けになりましょうぞ。木戸様におかれましても、悪い話ではございますまい」

「おのれ、我らを金の亡者とでも思うておるのか」

「おや、違うのですか」

「うぬっ……」

悔しげに歯噛みしながらも、田辺は否定しきれない。

十郎は再び、鑿を人形に向けていた。

これを輝七郎に献上し、所望して止まずにいる冥婚人形に仕立て上げなくては木戸も田辺も明日がない。子々孫々まで私腹を肥やし続けることが望める立場を、手離すわけにはいかなかった。

五

宵闇の中、和馬は下屋敷へ戻る道を辿っていた。

十五夜の月は明るく、慣れて久しい道を歩くのに提灯を用意するには及ばない。

「おや和馬さん、もうお帰りでござんしたか」

「おお、杉田殿であったか」

へっつい河岸を抜けたところで、呼びかけてきたのは五郎。

浜町川に沿い、日本橋の方向から来たところらしい。

「猪之吉を張っていなくてもよろしいんですかい」

「後は菊弥に任せた。贔屓筋（ひいきすじ）が金を出し合うて大盤振る舞いをすると言い出し、打ち上げの席に全員連れて行かれたのでな」

「そういうことなら仕方ありやせんね」

肩を並べて語り合いつつ、二人は下屋敷の前に出た。

門番をしていた中間（ちゅうげん）の話によると、三助はまだ戻っていなかった。

「留守にしてばっかりで参りますよ。窪田様、きつく言ってやってくだせぇまし」

「大殿様より何か御用を申し付けられたのであろう。左様に申すな」

事情を与り（あずか）知らない中間のぼやきを受け流し、和馬は五郎と共に母屋へ向かう。

斉茲は縁側に絵の道具を持ち出し、素描に勤しんでいた。

「そのほうらか、大儀であったの」

画仙紙から顔を上げ、労をねぎらうかのように斉茲は微笑む。

応じて笑みを返しつつ、庭先で一礼した二人は縁側に上がる。

和馬が絵の道具を片付けている間に斉茲は座敷へ戻り、上座に着いた。

「首尾はどうであったか」

「猪之吉に目立った動きはありませぬ」

上座から問う斉茲に、和馬は膝を正して言上する。

「こちらはいろいろ収穫がございやしたよ、大殿様」

続いては五郎が、いつもの伝法な口調で報告した。

「用人が朝っぱらから出かけたのを追っかけて向島まで出張ったんですがね、出向いた先は江戸家老の寮でござんした。表も裏も強そうなさむれぇが見張りに立っているもんで入り込めやせんでしたが、近所の調べは上首尾で……。先頃まで囲ってた芸者あがりの姐さんに逃げられちまった、野暮天で吝い旦那ってのは、聞いた話から察するに松平様の江戸家老に違いありやせん」

「ふむ……公方様の御子と申せど、家臣に恵まれておらぬらしいな」

敵ながら同情を禁じ得ぬ様子でつぶやきながら、斉茲は続けて五郎に問う。

「して、芝の屋敷は如何なる様子じゃ」

「殿様は相も変わらず籠もりきりで、近くの柳生様まで稽古をしに出かけなさること
も絶えて久しいそうでございやす」
「他に変わったことはなかったか」
「へい。俺が引き上げる間際になって、用人が荷物を抱えて帰ってきたのを見かけや
したよ」
「荷物とな」
「よほど堪える目に遭ったらしくて青菜に塩って面をしておりやしたが、四角い風呂
敷包みを後生大事に捧げ持っておりやした。中身が気になったもんで、ちょいと顔を
隠してすれ違ってみたら、麩糊の臭いがぷんぷんしておりやしたよ」
「麩糊が濃く臭うたか……もしや、仕上げたばかりの人形ではないのか」
「あっしもそう思いやして、向島まで取って返してみたんでさ。今度は折よく裏手の
見張りが厠に入っておりやしたんで、縁側から覗いてみたら若え男が妙な真似をして
おりやしたよ」
「杉田殿、勿体を付けるでない」
耐え兼ねた様子で和馬が口を挟む。
「苦しゅうない。続けよ」

斉茲は焦れることなく、先を促す。

「へい」

満を持して五郎は言った。

「その野郎は、人形の頭の生地を片っ端から鑿で砕いていたんでさ。いよいよ親父は用済みだの、これからは俺の時代だのって妙なことばかり口走っておりやしたよ」

「尋常ではないの……して、そやつの特徴は見覚えて参ったか」

「へい、もちろんでございやす」

「顔型から、順を追って申してみよ」

五郎に告げつつ、斉茲は和馬に目配せをする。

すかさず和馬は立ち上がり、床の間の違い棚から硯箱と半紙の束を持ってくる。

仕上がった人相書きは、取り立てて特徴のない顔をしていた。

「造作は凡庸なれど、目は才気を湛えておる、か……」

自ら描いた絵を前にして、斉茲はつぶやいた。

その上でもう一枚、半紙を拡げる。

瞬く間に描き上げたのは、元の絵よりも若くした顔。

続けざまに筆を走らせた三枚目は、逆に白髪頭の老人と化したものだった。

和馬の大きな目が見開かれる。

「大殿様……畏れながら、そちらは又八殿ではございませぬか」

「左様。よう気付いたの」

墨痕も鮮やかな三枚の絵を膝前に並べて、斉茲は微笑む。

何を言わんとしているのか、五郎も察しがついたらしい。

「あの若造……まさか又八の倅、ですかい？」

「名は十郎と申す。又八が茶屋女との間に作り、男手ひとつで育てたのじゃ」

「そうだったんですかい」

驚きながらも、五郎は言った。

「それじゃ、あの野郎が口走ってた親父ってのは……」

「又八のことであろう。同い年の多吉のほうが秀でておっても跡を継がせず、二代目にすべく薫陶(くんとう)されておったと申すに、大した親不孝者に育ちおったらしいの」

つぶやく斉茲の声は、微かに寂しさを孕んでいる。

「左様にございましたのか……」

そんな様子を気遣いつつ、静かに和馬が言上した。

「大殿様、ただいまの仰せで思い出したことがございまする」

「何事じゃ、申せ」

「過日に又八は多吉のことを指し、鼻持ちならないそうなんでさ、と漏らしておりました。己自身が左様に思うならば、鼻持ちならないんでさ、と申すはずです」

「そりゃそうだ。他人事みたいに悪口を言うはずはねぇでしょう」

　横から五郎も同意を示す。

「察するに、あれは十郎の気持ちを代言しておったのではないかと存じまする」

「うむ……又八が倅を松平候の御城下に連れ参り、長らく共に暮らしておったと判じれば辻褄が合うの」

　確信を込めてつぶやくと、斉茲は改めて五郎に問うた。

「杉田、十郎は他にも何か申しておらなんだか」

「そういえば、今度こそ市を台無しにしてやるぜ、とか言っておりやした」

「市か……間近と申せば、恵比寿講より他にあるまいの」

「大殿様」

「窪田、急ぎ練馬に行って参れ」

「御意！」

六

べったら市を明日に控えた十八日の午を過ぎた頃、菊弥の郷里である練馬の村から樽を山と積んだ荷駄の行列が出立した。

先頭に立つのは、団三と左吉。

その脇を行くのは和馬である。

五郎と三助は殿を引き受け、油断なく目を光らせている。

いずれも村人になりすまし、和馬と五郎は刀を、三助は木刀を荷台に隠していた。

覆面で顔を隠した一団が襲い来たのは、下練馬の宿を通り過ぎた八つ下がり。

旅人は日射しが強い午後には街道を歩くのを避け、休息を取るのが習い。

自ずと行き交う者が絶えるため、襲撃には絶好の折と判じたのだろう。

「甘いわ、若造ども！」

「待て待て、無茶をいたすな」

嬉々として迎え撃とうとした団三を押しとどめ、和馬は前に躍り出る。

続けざまに足払いを喰らわせる後方では五郎が十手を閃かせ、迫る侍を突き倒す。

三助は街道脇に走り、並木の陰に潜む男を捕まえていた。

「年貢の納め時だな、おぬし」

「くそったれっ……!!」

縄を打たれた十郎は、逃げ去る侍たちを悔しげに見送るばかりだった。

第七章　それぞれの罪

一

「仕損じたとな？」

逃げ帰った家士たちの知らせを受けて、木戸は絶句した。

輝七郎から重ねてお褒めに与り、ほくほく顔で用部屋に戻った矢先のことだった。

田辺から十郎の要望を聞かされ、人形と引き換えならば止むを得まいと差し向けてやった手勢は五人。

向島の寮の見張りをさせていた二人に、手許に置いていた三人を加えた面々は国許では腕利きと知られた者ばかり。

それがあっさり返り討ちにされてしまうとは、信じ難い。

事前の調べによると、人形町通りにべったら漬けを納めることを引き受けた団三という村役人の隠居は天然理心流の遣い手との話だった。

悪事で私腹を肥やすのに汲々とする木戸にも、一応は剣の心得が有る。江戸郊外の武州多摩郡に広まりつつある天然理心流が実戦志向の強い、田舎剣術と侮れば痛い目を見させられる剛直の流派ということは承知していた。

しかし、多勢に無勢ではどうにもなるまい。

それも命まで奪わずに、適当に痛め付けた上で荷の漬け物を台無しにしてやるだけのことならば、雑作もなかろう。

左様に判じ、満を持して手勢を送り出したのだ。

にも拘わらず、戻った家士たちは這う這うの態。

しかも十郎は現場を見届けて留飲を下げるべく同行したのが災いし、江戸へ運ぶ荷と共に連れ去られてしまったらしい。

「おぬしたち、まさか指をくわえて見ておったのか？」

「め……面目次第もございませぬ……」

「不覚を取り申した。お許しくだされ」

「この役立たずどもが！」

平身低頭の家士たちを蹴り付け、木戸は叫ぶ。

「落ち着いてくだされ、ご家老っ」

羽交い絞めにして止める田辺の声も、耳には入っていなかった。

「何処へなりと立ち去れい！　二度と敷居を跨ぐでないぞ‼」

怒りに任せて家士たちを追い出し、木戸はぐったりと座り込む。

「ご家老」

「大事ない……もう落ち着いたわ」

気遣う田辺の手を払い、木戸は命じた。

「十郎の身柄を取り戻して参れ。後のことはそれからじゃ」

「心得ました」

「あやつを連れ去ったのは人形町通りに肩入れする者どもに相違ない……家士どもの話によると、一人は十手を所持しておったそうだの？」

「左様にございまする」

気を取り直した様子の木戸に、田辺はてきぱきと答えた。

「房は外していたようですが、間違いのう銀流しだったとの由。古武術の諸派にて用いるものは申すに及ばず、市井の岡っ引きどもが勝手に持ち歩きおるのも鉄製なれば町方勤めの役人と判じて間違いはございますまい」

「さすれば自ずと網は絞られよう。速やかに当たりを付け、十郎を連れ帰るのじゃ」

「ははっ」

田辺は立ち上がり、脇目も振らず玄関に向かう。

用人は密（みつ）を要する役目のためならば、藩士を使役するのも可能な立場。

その権限を活かし、速やかに事を成す所存だった。

輝七郎は何も知らないまま、奥の居室でくつろいでいた。

「ふふっ、申し分なき花嫁御寮を迎えたものよ……」

微笑みながら眺めているのは、花嫁姿の市松人形。

綿帽子の下から覗く顔は細面で、整った目鼻立ち。

白無垢をまとった体も幼子を模したものより細身に、それでいて胸と腰には張りがある形に造られていた。

「太郎次、これでおぬしも寂しくはあるまいぞ」

虚空に向かって語りかける声は、真摯な響き。

弟の成仏を心から願う余りに、大事なことを見失っていることに気付かずにいた。

二

夜はすっかり更けていた。

べったら市を明日に控え、人形町通りは興奮に包まれている。

待望の荷を運んできた団三の一行が歓迎され、下にも置かぬ扱いを受けたのも当然と言えよう。

「市が開かれるのは明日の夕方ですので、ご存分におくつろぎくださいまし」

一同を代表し、もてなしたのは喜平。

界隈の住人たちも襖を取り外して広くした部屋に膳を連ね、嬉々として酒を酌み交わしていた。

「さぁさぁご隠居、グッと空けてくださいな」

「うむ、かたじけない」

相も変わらずの武張った調子でおそめの酌を受け、団三は杯（さかずき）を一息で乾す。

「おっ、こいつぁ頼もしいぜ」

「さすがは窪田の旦那に後れを取らず、ならず者を蹴散らしなすったお人だなぁ」

感嘆しきりの甚六と長兵衛は、競い合うように酒器を取った。

「おい長の字、お前さんは後にしねぇ」

「何を言ってやがる、こっちが先だぜ」

「いや、儂はどちらでも構わぬのだが……」

「お前さんは黙っておくんなさい‼」

空の杯を手にして戸惑う団三に、二人は声を揃えて告げていた。

甚六には界隈の人形師を、そして長兵衛はその他の商人たちをそれぞれ束ねている自負がある。全体のまとめ役である喜平を立てる一方で張り合い、些細なことも頑として譲らぬのが常だった。

「まったくもう、小父さんたちったら大人げないんだから」

おしのは苦笑しながらも甲斐甲斐しく、皆の世話をするのに忙しい。

いつもであれば義理の母でもあるおしげに頼み、芝居町の富士見屋にて一席設けるところだが、今日の宴は人形町通りの一同にとっては特別な集まりのため内輪だけで開いたのだ。人形市を無事に乗りきり、続いて催されるべったら市も危ういところを切り抜けて、誰もが安心しきっていた。

(窪田様もご一緒してくだされればよかったのに……)

そんなことを思いながら、おしのは追加の酒を配り終えて廊下に出る。

「ちょいといいかい……」

　おそめが寄ってくるなり、声を低めて告げてきた。

「どうしたの、おっかさん」

「多吉さんとおぶんちゃんが来てないんだよ。呼びに遣っても留守らしいんだけど」

「分かったわ。あたしが見てくる」

　言葉少なに答えると、おしのは前掛けを外して歩き出す。

　平静を装いながらも、胸騒ぎを覚えていた。


　福々堂で歓待の宴がいつ果てるともなく続く一方、浜町河岸の熊本藩下屋敷の一室には重い空気が立ち込めていた。

　日頃は用いぬ板敷きの一室は、雨天の際に斉茲が剣術と居合の稽古をするために設けられた部屋である。

　道場の如く神棚まで飾られてはいないが、床は弾力に富む一枚板。

　床下の土には反動を吸収するための溝が掘られており、少々のことでは周りにまで響きはしない。

斉茲は上座に陣取り、直々に十郎を問い質していた。

「そのほう、言いたいことはそれだけかの？」

「まだまだでございますよ、お殿様」

うそぶく十郎は、すっかり開き直っている。

縄を打たれたまま大番屋送りにされるかと思いきや、昔馴染みの斉茲の前に連れて来られたことにより、安堵してもいるらしい。

それが大きな間違いと気付くまで、幾らも時は掛からなかった。

「窪田、入れ」

「ははっ」

障子越しに斉茲に答え、和馬が廊下から入ってきた。

無言で十郎に歩み寄るなり、襟を摑む。

次の瞬間には腰に乗せ、板敷きに背中から落としていた。

「な、何をしやがる⁉」

「黙っておれ。下手に騒がば舌を嚙むぞ」

告げると同時に手を伸ばし、またしても十郎を投げ倒す。

叩き付けられる寸前に腕を引くことで衝撃を和らげてはいるものの、武芸の心得を持たぬ身にとっては耐え難い。

「や、止め……」

「黙り居れ」

懸命に抗うのをものともせず、和馬は十郎を投げ続けた。

「その辺りでよかろう」

黙って見ていた斉茲が口を挟む。

十郎の全身は汗まみれ。着物は半ば脱げ、腹掛けが剝き出しになっている。

和馬の着衣に乱れはなく、ほとんど汗も掻いてはいない。

一礼して退出するのを見送ると、斉茲は改めて十郎に問うた。

「そのほうは何故に、再三に亘りて人形町通りに嫌がらせをしおったのだ？」

「……お、お殿様……」

「心得違いをいたすでないわ。儂はすでに隠居の身。呼びたくば大殿と申せ」

答える声は淡々としている。

「……それじゃ大殿様……ご……ご勘弁くださいまし……」

息を乱しながら、十郎は哀れっぽく訴えかける。

しかし、斉茲はにべもない。

「罪を悔いる言葉であれば幾らでも聞いてつかわす。したが、我が身可愛さ故の御託は受け付けぬぞ」

「……そ、そんな……」

「因果応報と申すのを存じておるか」

愕然とするのを静かに見返し、斉茲はつぶやく。

「そのほうは若年の頃より見知っておるが、何かにつけて狷介さが目に付いた。才に恵まれしことを誇り、後進の多吉らの覚えが悪いのをあざ笑って憚らずに居ったの」

「……」

「何であれ、競い合うのを悪しきこととは申すまい。したが切磋琢磨を軽んじ、相手を出し抜いて悦に入るばかりでは、腕を上げることなど望めぬものと思い知れ」

十郎は黙り込む。

斉茲の言葉に二の句が継げず、己の汗が滴り落ちた床を無言のまま、じっと見つめ続けることしかできずにいた。

「大殿様」

そこに和馬が再び訪いを入れてきた。

障子に映る影が増えている。

「入れ」

斉茲が答えるや、障子が開く。

和馬の後ろに控えていたのは多吉。

傍らには、女房のおぶんが寄り添っていた。

「て、てめぇらまで俺を嬲りに……」

「黙り居れ、痴れ者が」

カッとなって立ち上がろうとした十郎を、斉茲は一喝する。

どのみち足がもつれ、膝立ちになるのもままならずにいた。

「苦しゅうない。近う寄れ」

「ご無礼をつかまつります」

一礼した和馬に続き、おずおずと多吉が部屋に入ってくる。

おぶんは亭主の背中に寄り添い、顔も上げられずにいた。

「無理に呼び立ててしもうて済まなんだの。許せ」

「め、滅相もございやせん」

斉茲の言葉に、多吉は深々と頭を下げる。

自分のときとは一転した気遣いを示して止まない斉茲に、十郎は憎しみを込めた眼差しを向けている。

和馬が咎めるよりも速く、多吉が動いた。

「兄さん、おぶんからぜんぶ聞いたよ」

「へっ、どうせ俺が先に手を付けたことを吐いたんだろ?」

「そんなことなら知っていたよ」

威嚇されても気圧されず、多吉は告げる。

「あの頃の兄さんは肩で風切って人形町通りを歩けるお人だったし、おぶんもあんたに惚れていた。俺だって、あんたに憧れていたのだぜ」

「止めろよ。おめーなんぞに惚れられたって嬉しくも何ともねぇやな」

「まぜっかえすんじゃねぇよ。職人として惚れ込んでたってことさね」

「止せ止せ、どっちにしたって今さらだろうが?」

「いや。あんたがおぶんを手先に使ったのは、つい先頃のことだろう」

「……………」

「三助さんから話を聞いて、すぐに分かっちまったよ」

黙り込んだままの十郎を見返し、多吉は淡々と語る。

「福々堂さんの蔵にみんなの人形を納めたのは、確かに俺だ。他の人形師は一人も出入りなんぞしちゃいねぇ。俺の女房ってことで誰からも疑われねぇ、おぶんを別にすれば……な」

そこまで告げると、多吉は上座に視線を向けた。

「大殿様、今まで黙っていて申し訳ありやせん」

「苦しゅうない。続けよ」

答える斉茲の声は穏やかであり、咎める響きなど皆無だった。

「恐れ入りやす」

一礼し、多吉は再び語り始める。

「俺んとこに限ったことじゃあるめぇが、人形に着るもんを付けて売るときは女房の手を借りるのが珍しくねぇ。こう見えてもおぶんは裁縫が達者だし、口うるせぇ甚六さんも認めてなさる。俺が納めた人形の衣装だけを手直しするってことなら、後から独りで蔵に入ったところで何の障りもありゃしねぇ……兄さん、あんたはそこに目を付けておぶんを脅し、人形を盗み出させたんだろ？」

「へっ、逆らわずに言うことを聞いちまうほうも悪いんじゃねぇのか」

「無駄なあがきは止めときな、兄さん」

憎まれ口を受け流し、多吉は告げる。

「さっきも言ったとおり、あんたとおぶんがいい仲だったことを今さら咎めるつもりはねぇ。又八お師（し）さんに松平のお殿様からお声が掛かったのを幸いに、一緒に江戸を離れちまったのも別に構わないさね。だけどな、おぶんが身重だって訴えたのを無下（むげ）にしやがったのは許せねぇ……あんたに捨てられたせいで、おぶんは具合を悪くして月足らずのままで子どもを産んじまったんだ。一刻も息をしていられなかった、可愛そうな女の双子を……な」

ゆらりと多吉は立ち上がる。

「な、何でぇ」

咄嗟（とっさ）に十郎は身構える。

いち早く多吉が拳を叩き込もうとした刹那、廊下を渡る足音が聞こえてきた。

「御免！」

告げると同時に入ってきたのは、痩せぎすの四十男――田辺。

「細川斉茲侯とお見受けつかまつる」

立ったまま、斉茲を見据えて告げる態度は居丈高。

それだけの威光を背負っていればこそ、成し得ることだった。

「故あって藩姓名の儀は明かせぬが、ご容赦を願いますぞ」

「案内も乞わずに何の用じゃ」

「それなる十郎は我らが御上のお抱え人形師なれば、身柄を引き取りに推参いたした次第にござる」

激することなく問う斉茲に、田辺はさらりと答える。

「そのほう、儂が黙って返すとでも思うたか？」

「拒みなされば面倒なことになりまするぞ、ご隠居殿」

「松平一門にとどまらず、将軍家の威光まで借りると申すか」

「そこまでご存じとあらば尚のこと、お控えなさるが賢明にござろう」

「……好きにいたせ」

しばしの間を置き、斉茲は告げる。

「参れ」

骨張った手を伸ばし、田辺は十郎の腕を引っ摑む。

驚きの余りに棒立ちになったままの多吉のことなど、一顧だにしなかった。

廊下を渡る足音が遠ざかっていく。

田辺は独りで乗り込んできたわけではない。

和馬が目を離した隙に、屋敷内には幾人もの藩士が入り込んでいた。

多吉とおぶんを迎えに行った三助は戻って早々、門脇の番所で朋輩(ほうばい)ともども当て身を喰らって失神中。女中は通いにさせているため不在で幸いだったが、もしも居合わせれば無事では済まなかったことだろう。

「大殿様、後を追いまする！」

「これ、逸(はや)るでないわ」

いきり立つ和馬を大人しくさせると、斉茲は多吉に視線を戻す。

「面目次第もなきこととなれど、怪我が無うて何よりだったの」

「そんな、滅相もありやせん」

「このままには捨て置かぬ。そのほうらの憤りは、儂が代わりに晴らしてつかわす」

「お、大殿様……」

「それからの、仕上げにかかってもろうておる姫人形は納めるには及ばぬぞ」

「ど、どういうことでございやす」

「おぶんが辛い目に遭うた話はかねてより仄聞(そくぶん)しておったが、女の双子ということは初めて聞いた。せめてもの供養に用いてはもらえぬかの」

「そ、それこそ滅相もねぇことで……」

「苦しゅうない。無様を晒した詫びのしるしに、受け取ってくれ」

恐縮しきりの多吉に告げる、斉茲の口調はあくまで穏やか。

平伏したまま背中を震わせているおぶんのことも、一言とて咎めはしなかった。

三

多吉とおぶんを帰した斉茲は、取り急ぎ五郎を呼んだ。

二人を送らせた後、和馬を八丁堀まで走らせてのことだった。

「ふざけた真似をしやがりましたね、あの痩せ用人め！」

「待て待て、今は怒るよりも策を講じるが先決ぞ」

「どうなさるお積もりですかい、大殿様」

「十郎の身柄を取り返されてしもうたとあっては止むを得まい。こちらも乗り込むといたそうぞ」

「ほ、本気でございやすか」

五郎は慌てて念を押した。

べったら漬けを運ぶ一行を狙ってきたのを幸いに十郎を捕えたのは、多吉とおぶんの前で反省させることだけが目的だったわけではない。

町奉行が手出しをしかねる大名家にも、弱みはある。

家中の恥を表に晒すと脅せば公儀から裁かれぬまでも外聞が悪いため、元凶を処罰せざるを得なくなる。

何も十郎を死罪にしたいとまでは言わぬし、結果としては何も知らず、長らく息子任せにしてきた人形造りを輝七郎に命じられ、苦しんでいたという又八に監督不行届の責を負わせようとも思わない。

斉茲が望み、和馬と五郎らが同意したのは、十郎に人形を盗んだことを認めさせて口書を取り、輝七郎と取り引きをすること。

こちらとしては人形さえ戻ればよいと譲歩した上で情状酌量を促し、又八は隠居をさせて身柄を引き取り、人形町通りで余生を過ごさせたい。

左様に事を運ぶ積もりが、思わぬことになってしまった。

「連中は人形町通りの衆が精魂込めた人形を勝手に分捕りやがったんですぜ？　やり込めるのに十分なネタがあったってのに、このままじゃ腹の虫が収まりやせんよ」

「今は堪えよ」

淡々と諭しながらも、斉茲は又八の身を案じて止まない。

強引に乗り込んでまで十郎の身柄を取り返したのは引き続き、抱えの人形師としてまだ必要とされていればこそなのだろう。

しかし、又八は立場が危うい。

十郎から聞き出したところによると、又八は自ら人形造りに取り組むことを止めて久しいという。

国許でも名人として評判を得ていたため、あくまで又八の名で人形を売り続けてはいるものの、実際の造り手は十郎のみ。

故に何としても身柄を取り戻したかったのだろうが、又八は違う。

用済みと見なされれば隠居させられるどころか、命も危ない——。

「今すぐ乗り込みやすかい、大殿様」

闘志が掻き立てられた様子で、五郎が言った。

「こうも勝手ばかりされたんじゃ、俺もさすがに知らぬ存ぜぬを決め込んじゃいられやせん。一丁やろうじゃねぇですか」

「待たぬか。年嵩（としかさ）のくせに窪田と同じ調子で何といたす」

血気に逸る五郎を抑えた上で、斉兹は告げた。

「杉田、明日は御用を休んでもらえぬか。窪田、そのほうもじゃ」

「福々堂の手伝いのことでございまするか」

「腹具合を悪くしたとでも言伝をいたすにとどめよ。日暮れより始まる市を楽しみにしておるところに水を差してはなるまいぞ」

「大殿様、されば拙者も」

息を荒らげながら申し出たのは、痛みに耐えて罷り越した三助。

しかし、斉茲は首を横に振った。

「止めておけ。そのほう、骨までやられておるであろう」

「さ、左様なことは……」

「その顔色を見れば察しは付くわ。当て身の加減を知らぬ者の手に掛かったを不幸と受け入れ、骨接ぎに診て貰うて大人しゅうしておれ」

食い下がるのを許すことなく話を打ち切り、斉茲は宣した。

「討ち入りは明日の日暮れ前といたす。それまで又八が無事であるか否かはあやつの天運次第なれば是非に及ばず……そのほうらはくれぐれも、町の衆に気取られては相成らぬぞ」

四

かくして一夜が明け、今日は神無月の十九日。

待望のべったら市の本番を前にして、人形町通りの面々は仕事が手に付かない。

それにも増して張り切っていたのが団三であった。

「おい菊次、いつまで寝ておるのじゃ！」

「何ですか、父上……」

「手が空いておると芝居小屋にて聞いて参った。儂を手伝え」

「えっ、漬け物の売り子をさせようってんですか⁉」

「たまには親孝行をいたさねば罰が当たるぞ。早うせい」

「そんな、まだお天道様も高いってのに……」

「おぬしは支度に手間がかかるであろう。せいぜい美々しゅう装うて、客の目を惹くことじゃ」

千秋楽を終えて長屋で惰眠を貪(むさぼ)っていた菊弥を叩き起こし、そんなことを無理無体に命じる始末。

通りじゅうが落ち着かぬ中、多吉は黙々と姫人形の仕上げをしていた。

二体とも目鼻を地味に造り替えたのは、おぶんと自分の間に授かった子どもの顔形を思い描いてのこと。

斉茲の厚意を謹んで受け入れ、位牌代わりに日々愛でる所存であった。

「お前さん、ありがとね」

「へっ、礼なら大殿様に申し上げろい」

茶を淹れてきたおぶんに微笑み返し、多吉はつぶやく。

「俺は改めて姫様人形を造らせていただくとするぜ。どこに出しても恥ずかしくねぇ立派なもんを……な」

「うん」

表の喧騒をよそに、人形師の夫婦は頷き合う。胸の内では、斉茲と和馬たちの無事を共に心から祈っていた。

その頃、熊本藩下屋敷では和馬が思わぬ備えを授かっていた。

「窪田、これを使え」

「籠手……にございまするか？」

「以前に骨董屋で目に付いて購うた、室町の頃の作じゃ。細川の家に伝来の品には非ざる故、遠慮は要らぬぞ」

「かたじけのう存じます」

和馬が頂戴した左手用の籠手は、ただの防具ではない。

全体は革製だが、手の甲から肘にかけてを防御する部分に分厚い鉄板が仕込まれている。敵の斬撃を受け止めることに特化した、お誂え向きの備えだった。

「さーて、儂はどこまで守りを固めるとしようかの……」

嬉々として籠手の具合を試す和馬をよそに、斉茲は鎧櫃を漁っている。

「さすがに甲冑まで持ち出すわけには参らぬが、鎖帷子では心許ない……腹巻ぐらいは着けて参るかのう」

「大殿様……畏れながら、それではお腰を傷めまするぞ」

手伝いながら進言したのは三助。

折れた肋骨は朝一番で骨接ぎの手当てを受け、大事には至らずに済んでいた。

「何の、まだ若い者には負けぬわ」

意に介さずに、斉茲はうそぶく。

修羅場に臨まんとしていながらも気負うことなく、戦支度に余念がなかった。

そこに五郎が姿を見せた。

「へっへっへっ、ちょいと拝借して参りやしたぜ」

自慢げに拡げた風呂敷包みの中は、町奉行所の捕物装束。

半纏と股引から成る装束はいつもの黄八丈と巻羽織に比べると野暮ったいが、格段に動きやすいという。

「刃引きと長十手も持って参りやしたよ。幾ら悪党でも、松平様の御家中をバッサリやっちまうわけにはいきやせんからねぇ」

「うむ……」

籠手を外して頷く和馬も、すでに大小の刃引きを用意済み。

斉茲も本身は帯びず、打ち倒すのみにとどめる所存だった。

五

松平家の上屋敷では木戸と田辺が用部屋に籠もり、額を寄せて話し合っていた。

「御上におかれましては変わらずにご機嫌麗しく、何とか首が繋がりましたな」

「いや、安堵いたすはまだ早いぞ」

「どういうことでございまするか」

「儂が案じておるのは、先々のことじゃ」

白髪交じりの眉を顰めて木戸は言った。

「儂とて伊達に御人形奉行を務め上げてはおらぬ。十郎は危ういぞ」

「と、申されますと？」

「分からぬか、おぬし」

戸惑う田辺を見返すと、溜め息交じりに木戸は告げる。

「あやつは心根が弱すぎる。このままでは、ものになるまい」

「されど、こたびの御用には十分に」

「お褒めに与りし人形は、確かに見事な出来であった。それは儂も認めよう。したがあやつは狷介に過ぎる故、ひとたび常軌を逸すれば何をしでかすか分かるまい」

「仰せのとおりにございまする……」

向島の寮で脅された田辺としては、そう答えるより他になかった。

「こういうことでありますか、ご家老様」

しばし考えた上で、田辺は言った。

「御上のお眼鏡に適いし人形は弟君を想うて仕上げたものには非ず、己が欲を満たすためだけに造られた……と？」

「左様に判じるべきであろう」

木戸は深々と頷いた。

「金で言うことを聞く手合いならば、これほど御しやすい者は居るまい。されど十郎は銭金のみでは首を縦には振らぬ奴じゃ。御上の思し召しによって又八は隠居させるにとどめる次第となったが、十郎めが何かの折に激したならば、己が手で引導を渡すやもしれぬ」

「やりかねませぬな。向島でも左様なことを口走っておったと、ご家老に仕えし侍衆が申しておりました故」

「どのみちでかすことならば、今の内にやらせてはどうだろうな」

「如何なるご所存にございますのか」

「十郎が乱心し、親子で殺し合うたと装うて始末いたすのじゃ」

「それは妙案にございますな」

即座に首肯しながらも、田辺は一抹の不安を感じた様子であった。

「されどご家老、代わりの人形師の手配が付くまでは難儀でございましょう」

「背に腹は代えられまい。それに、十郎めが盗み出させし人形もあるからの」

「あの人形にございまするか？　あれは幼子を模したものなれば、冥婚の用に供するわけには参りませぬぞ」

「なればこそ弁を弄し、新たな儲け口を見出すのよ」

　自信満々に木戸は言った。

「おぬしも知ってのとおり、御国許では間引きが禁じられておる。反する者は厳罰に処すとの御上の御触れが行き届き、表立って事に及ぶ者は誰も居らぬが、裏に廻れば農村での間引きは言うに及ばず、御城下でも子堕し（おろし）が後を絶たぬ。そこが目の付け所じゃ」

「やむなく子を死なせし母親どもに、あの人形を売りつけると？」

「察しがよいの、おぬし」

「後ろめたさに付け入らば、むやみに口外もいたしますまい……妙案にございまするな、ご家老」

「間引きは郷方（さとかた）、子堕しは町方の役人にそれぞれ探らせようぞ。罪に問わぬばかりか供養のための人形を分けてつかわすと申さば、飛びつくであろう」

「その実は口止め料と因果を含め、大枚（たいまい）を巻き上げるのでございまするな」

「使役する役人どもに分け前を呉れてやっても十分に儲けは出るはずじゃ。おぬしと儂で四分六ということで構わぬか」

「それはもう、申し分ありませぬ」

「これでお互い、少しは気が晴れようぞ」

「咎なき親子を冥土に送る、後ろめたさも失せましょう」

「そういうことじゃ」

悪しき二人は笑みを交わし合う。

懲りぬ外道の企みなど、又八は知る由もない。

今は十郎を容赦なく殴り付け、蹴り倒すことに懸命であった。


屋敷内の仕事場から、争う音が聞こえてくる。

「この野郎、情けねぇ真似をしやがって！」

「ま、待ってくれ、親父っ」

哀願する十郎の態度は、かつてなく弱々しい。

斉茲に続いて父親からも責め立てられ、さすがに反省せずにはいられぬ様子。

それでも又八は容赦をしない。白髪頭を振り立て、涙を流しながら皺だらけの拳を振るい続けていた。

「どうしておぶんさんにまで、人様に顔向けできねぇ真似をさせやがった！　多吉に負けていたのが悔しけりゃ、腕を付けて見返せってんだ‼」

「お、親父……」

「おめーの考えはお見通しよ。ほんとに憎かったのは多吉と、あいつを買っていた俺じゃねぇのかい」

「……」

「その負けん気は認めてやる。今からでも遅くはねぇから、挑むがいいぜ」

「多吉と張り合えって言うのかい？」

「及ばずながら俺も相手になってやるさね。鈍った腕を磨き直して……な」

「親父……」

「職人には恥じるってことが大事なんだよ。お互えにもう一遍、性根を入れ替えようじゃねぇか」

「あ、有難え……」

体面をかなぐり捨てた父の言葉に、十郎の眼がしらが熱くなる。

板戸越しに聞こえるやり取りも、木戸にとっては耳障りでしかなかった。

「ふん、くだらぬ話をしておるわ」

廊下で苦笑する木戸の周りには、田辺を含む一団が控えていた。

親子の和解など、もはや知ったことではない。

十郎が人形師として不完全と断じたときから、長い目で見守る気など失せていた。

「望みどおり命を懸けて争うたように見せかけてつかわす故、有難く思うことじゃ」

うそぶく木戸は、屋敷内でありながら大小の二刀を帯びている。

江戸における大名の本宅である上屋敷は、国許の城にも等しい場所。

小さ刀と呼ばれる大脇差一振りのみが許される場で大小を帯び、しかも人を斬らんとするなど、切腹ものの不祥事である。

しかし藩邸の実務を統べる江戸家老が自ら乗り出したとなれば、従う者たちも迷うには及ぶまい。

追い出した家士に代わって用意した手勢は袴の股立ちを取り、革襷を掛けた藩士の面々。藩邸の仕事場に押し込めた又八の監視を命じられ、過日には和馬を返り討ちにしようとしたのと同じ顔触れである。その折には主君である輝七郎の命じるままに動いていたが今は田辺に懐柔されて、余禄に与るべく集まっていた。

「まことに斬り捨てても構わぬのですか、ご家老」

「大事ない。左様に申したであろう」

この期に及んで不安を否めぬらしい若い藩士に、木戸は告げる。

「おぬし、腕は立てども人を斬った覚えはあるまい？」

「さ、左様にございます……」

「ならばこれより度胸試しじゃ。骨身を存分に断ち割りて、手の内を錬るがよい」

「こ、心得申した」

意を決した様子で、藩士は答える。

他の面々も口車に乗せられ、それぞれ刀を抜く気になっていた。

部屋の中で語り合う又八と十郎は、迫る危機にまったく気付いていない。

「なぁ親父、大殿様にお詫びを申し上げに行ってもいいかい」

「当たり前だろ。俺も一緒に行こうじゃねぇか」

「ふん、うぬらの参る先は地獄じゃ」

熱の入った言葉を耳にして、木戸はまた苦笑する。

「かかれ」

下知する声に頷き返し、若い藩士が板戸に手を掛ける。

そこに廊下を駆ける足音が聞こえてきた。

「ご、御免っ」

駆けてきたのは玄関番だった。

大名や大身旗本の屋敷では中間任せにせず、侍も玄関や門の番を仰せつかる。曲者が入り込もうとすれば迎え撃つのも役目のはずだが、屈強な侍は怯えた様子で厳つい顔を強張らせていた。

「何事じゃ、騒々しい」

木戸は憮然と玄関番を見返す。

返されたのは、予期せぬ答え。

「ほ、細川のご老公と名乗る老人が、乗り込んで参りました！」

「まことか」

「従う者どもが滅法手強く、我らでは防ぎきれませぬ。各々方、ご助勢くだされっ」

「何と……」

懇願する玄関番を前にして、思わず木戸は絶句する。

肥後熊本五十四万石を治める細川家は、名門とはいえ外様の大名。

将軍家に連なる松平一門、しかも家斉公の血を引く当主がおわす屋敷に正面切って乗り込むことなど体面を考えれば成し得ぬはずだが、あの老君ならばやりかねない。

「い、急ぎ参るぞ」

慌てて駆け出す木戸に続き、田辺たちは廊下を走る。

中庭に射していた夕陽は沈み、辺りは早くも暗くなりつつあった。

第八章　決闘人形屋敷

一

斉茲たちは最初から喧嘩腰だったわけではない。

『隠居の身で卒爾(そつじ)なれど、松平輝七郎殿に御目通りを願えぬかの。仄聞(そくぶん)いたした冥婚人形とやらについて、お話を伺いたい』

左様に申し入れたのを拒絶され、終いには力ずくで追い払われんとしたのを和馬に蹴散らさせて潜戸(くぐりど)を破り、門内に入り込んだのである。

相手がこちらを軽(かろ)んじて、邪険に扱うのはもとより承知の上だった。

悪しき輩は当主が松平一門、しかも将軍の子であるが故に慢心している。

十郎を無理無体に連れ帰った田辺の態度を見れば、自ずと察しが付くことだ。

隠居の斉茲にとどまらず、細川の本家——肥後熊本五十四万石の威光さえ歯牙にも掛けない傲慢さが、こたびに限っては好都合。

まず丁重に話をもちかけ、やむなく実力を行使せざるを得なくなった態を装うことによって後難が降りかかるのを防いだ上で、又八の身柄を保護する。

左様に斉茲が描いた絵図は、敵勢を確実に制することが前提。

一歩間違えば、如何なる汚名を背負わされるか分かったものではないだろう。

大名屋敷では治外法権が認められ、門の中で起きた事件は当主である大名の一存で裁くことが許されている。行儀見習いで屋敷へ奉公に上がった町娘が手討ちにされても町奉行所は介入できず、親が泣き寝入りをさせられるのも、そのためだ。

しかし入り込んだ者のほうが強ければ、相手の面目は丸潰れ。

いつもと違って闇から闇に葬り去るのもままならず、屋敷に乗り込まれてしまったこと自体を不問に付すより他になくなる。

輝七郎は家斉公の隠し子である以上、表立っては将軍家を頼れまい。それに矢野が明かした話によれば武芸に耽溺して止まない、一本気な男でもあるらしい。

雑魚を一掃した上で和馬が再戦を挑めば、必ずや乗ってくる。

むろん、確実に勝てるか否かは時の運。

実力が伯仲している以上、和馬が敗れることも有り得よう。

もしも後れを取ったときには斉茲が自ら輝七郎に挑み、この身に替えてでも又八を含む全員を生還させる所存であった。

二

先陣を切った和馬に続き、前に躍り出たのは五郎であった。

迎え撃った相手は、潜戸を抜けた先で待ち受けていた中間たち。

「おらっ！」

六尺棒で打ちかかるのを機敏に掻い潜り、十手で叩き伏せた五郎は玄関へ続く石畳を駆け抜ける。

走りながら頬被りの六尺手ぬぐいを外し、角帯を解く。

「ようやく身軽になったぜぇ」

茶無地の着物を脱いだ途端、捕物装束が露わになった。

町奉行所の廻方同心は鎖帷子を着込んで半纏をまとい、籠手と脛当を着けた上で頭にも刃を防ぐ鉢巻をして捕物に出張る。

足拵えは、半纏と同じ黒股引に草鞋履き。

得物は町奉行所の備品である刃引きの大脇差に十手と定められ、本身は帯びぬのが決まりだった。

「こやつ、町方か？」

「木っ端役人が血迷いおって！」

玄関を護る番士たちが、抜き身を連ねて迫り来る。

「へっ、どっちが木っ端なのか教えてやろうじゃねぇか」

不敵に笑うと、五郎は朱房の十手を後ろ腰に差す。

代わりに抜き放ったのは、二尺（約六〇センチ）に及ぶ鉄の棒身を備えた長十手。

捕物の際、並の十手では太刀打ちしかねる者を相手取るための捕具である。

町奉行所の同心は火付盗賊改とは異なり、たとえ悪党でも斬り捨て御免というわけにはいかない。

格上の与力は捕物においても本身を帯び、手に余る場合は斬り殺しても構わぬことになっていたが、同心の得物はあくまで刃引きと十手のみ。常に携帯している朱房の十手は真鍮に銀の鍍金を施したもので、軽くて扱いやすくはあるものの、長さと強度に不安を伴う。

廻方同心が所持する十手は本来、立場を示すための証し。

小悪党ならば見せるだけでも恐れ入るが、主君の威光を笠に着た連中にはもとより通じるはずもない。

この場において必要なのは、武具として役に立つか否かということのみ。

念のための備えとして、長十手を持参したのは正解であった。

「エイ」

気合いと共に斬りかかった番士の刀を、五郎は黒光りのする棒身で受け止める。

長い十手は、太刀もぎの鈎も大きい。

棒身を滑った刃を鈎で阻むや、五郎は一気に巻き落とす。

「うわっ」

刀を取り落とした次の瞬間、番士のみぞおちに突きが決まる。

同士討ちを恐れる相手は、多勢であっても一度には斬りかかれない。

和馬に挑んだ番士たちも、状況は同じだった。

「ぐっ⁉」

左拳の一撃を見舞われた番士が、式台まで吹っ飛ばされて失神した。

和馬は刀を抜くことなく、群がる敵勢を相手取っていた。

斬ってくるのを足捌きでかわしざま、籠手を着けた左腕を繰り出す。

分厚い革の下に鉄板が仕込まれた籠手は防御に限らず、攻める際にも物を言う。

文字どおりの鉄拳の一撃が決まるたびに、番士の頭数は減っていく。

六尺豊かな大男でありながら、和馬は動きも機敏。

巧みに足を捌きながらも、体の軸を崩しはしない。

重心が保たれているからこそ、打ち込む拳に威力があるのだ。

先を行く二人に続き、斉茲は悠然と石畳の上を進み行く。

和馬と同様、殊更な備えはしていない。

支度をする際には悩んだものの、身軽に動けることを優先したのだ。

それでも防刃のために紙衣を一枚だけ襦袢の上に着け、いつもの羽織袴をまとった上で大小の二刀を帯びている。履き物だけは用心して、藁紐で足首に縛り付けるため戦いの最中も脱げる恐れのない、草鞋を用いていた。

石畳を軽やかに踏み、和馬は左の拳を一閃させる。

「ひっ！」

重たい拳を避けきれず、最後の番士が吹っ飛んだ。

入れ替わりに奥から出てきたのは、木戸と田辺が率いる一団。

「おのれ狼藉者！」

「ほざくな、若造」

吠える田辺を一喝したのは斉茲。

和馬と五郎の間に立ち、向ける視線は眼光鋭い。

「儂はそのほうらの主君……松平輝七郎殿にお目にかかりに参ったのだ。うぬが如く数に任せ、人様の屋敷に押し入る輩と一緒にいたすでないわ」

「うぬっ……」

「非礼の詫びは、その身でいたせ」

血相を変えた田辺に告げつつ、斉茲は木戸に視線を向けた。

「そのほうが木戸とやら申す、江戸家老か」

「左様と申さば、何となされるご所存か？」

臆することなく答える木戸は、鯉口を控え切りにしていた。

すでに田辺は抜刀し、切っ先を斉茲に向けている。

五十四万石の元藩主と承知の上での無礼は、こちらが屋敷内に踏み込んだのに付け入ってのことであろう。

話が通じぬのならば、技量の差を示すことで思い知らせるより他にあるまい――。

「手を出すには及ばぬぞ」

和馬と五郎に告げた上で、すっと斉茲は進み出る。

「死ねっ」

田辺が勢い込んで斬りかかった。

太刀筋を見切った斉茲は、退きながら鞘を引いて抜刀する。

後退したのは敵の攻めを避けると同時に、更に大きく前へ出るため。

一気に間合いを詰めた次の瞬間、どっと田辺が崩れ落ちる。

「おのれ！」

怒号と共に木戸が刀を抜き放つ。

しかし、斬り付けるまでには至らない。

振りかぶった刀の柄に左手を添える寸前、がら空きの胴に斉茲の一撃が決まった。

「ぐわっ……」

玄関に倒れ伏した木戸は、体のどこからも血を流してはいなかった。

式台に転がった田辺も白目を剝いているのみで、斬られてはいない。

「み、峰打ちだと？」

「何という早業じゃ……」

斉茲の腕前を目の当たりにし、居並ぶ藩士たちが息を呑む。

峰打ちとは、練度を要する高等技術。

相手の体に刃が届く寸前に刀身を反転させ、反対側の峰を軽く当てることによって斬られたと思い込ませて、失神を誘うのである。

「大した業前だな、ご老人」

静寂に包まれた玄関に、朗々とした一声が響き渡った。

「お、御上……」

「ひ、控えよっ」

声の主を目にした途端、藩士たちはその場で平伏する。

鞘ぐるみの刀を左手に提げ、現れたのは輝七郎。

鋭い視線は斉茲のみならず、過日に刃を合わせた和馬に対しても向けられていた。

三

輝七郎は綸子の着流しに袖無し羽織を重ねた、くつろいだ装いであった。

それでいて、斉茲たちと向き合う姿に隙は無い。

最初に声をかけられたのは、和馬。

「一別以来だの、そのほう」

「……松平輝七郎様とは存じ上げず、その節はご無礼をつかまつり申した」

こちらも隙無く身構え、前に立つ強敵を見返していた。

「ほう、こたびは余の素性を承知の上で参ったと申すか」

つぶやく輝七郎の声は嘲り(あざけ)を孕ん(はら)でいた。

名も問わずにいるのは、頭から見下(みくだ)しているが故なのだろう。

臆することなく目を合わせたまま、和馬は答える。

「無礼は承知の上なれど、すべては子細あってのことにござる」

「ほざけ。どのみち狙いは又八であろうが」

和馬の言葉を一笑に付し、輝七郎は再び斉茲に視線を向けた。

「貴公、そやつのあるじか」

「左様」

「伯耆流と見受けたが、年寄りとも思えぬ腕前だな」

「おぬしこそ、江戸柳生のお歴々も舌を巻くほどの手練と仄聞しておる」

「そこまで存じておるならば、我が家中と又八の繫がりも承知であろう」

「抱えの人形師として、長らく用いておるそうだの」

「それを承知で連れ去らんとするのは、何故か」

「あの者は十分に働いたはずじゃ。そろそろ古巣に帰してやってはもらえぬかの」

「ふっ、是非もなきことを申すでないわ」

輝七郎は苦笑した。

「老い先短き身を市井に戻させ、埒もない細工を続けさせて何といたすか」

「何も強いるつもりはない。万事は又八の好きにさせる所存じゃ」

「否。それは宝の持ち腐れというものぞ」

表情を引き締め、輝七郎は言った。

「浄瑠璃芝居のための細工ならば、他に幾らでも職人は居るだろう。したが我が家中の臣民が弔いに供する人形は、あの者を措いて他には任せられぬ。年を鑑みて隠居はさせるが、倅の十郎と共に向後も励んでもらわねばなるまい」

「左様な勝手を押し付け、親子揃うて飼い殺しにするのが狙いか」

「うぬ、何を申すかっ！」

「才ある者は野に在りて、伸び伸びと力を発揮してこそ活きるものじゃ。それしきのことも分からぬか、若造」

「おのれっ、言わせておけば」

輝七郎の視線が鋭さを増す。

その視線を斉茲は身じろぎもせず受け止める。

自ら対決することも辞さぬ様子で、頭ひとつ高い相手を見上げていた。

「お待ちくだされ」

言上すると同時に、すっと和馬が割って入る。

「輝七郎様……畏れながらいま一度、それがしと立ち合うてはいただけませぬか」

斉茲を後ろ手に庇いつつ、輝七郎に呼びかける態度に迷いはない。

「ふっ、望むところぞ」

応じて、輝七郎は薄く笑う。

「主従まとめてでも構わぬ故、相手をしてくれるわ」

嬉しげに微笑みながらも、傲慢にして力強い顔に闘志を漲(みなぎ)らせていた。

四

「そのほうら、手出しは無用ぞ」

見守る藩士たちに命じた上で、輝七郎は玄関を出た。

式台で足袋(たび)を脱ぎ、素足になってのことである。

斉茲と和馬も無言のまま、石畳に立つ。

先に進み出たのは和馬だった。

「和馬さん……」

「大殿様を頼む」

不安げな面持ちの五郎に一言告げ置き、輝七郎と向き合う。

輝七郎が帯びた刀は拵(こしら)えこそ異なるものの、過日と同じく二尺五寸物。

対する和馬はかつて斉茲から授かった、肥後拵の大小を腰にしていた。

「もとより禁じ手など設けはせぬ。遠慮のう、かかって参れ」

自信を込めて宣すると、輝七郎は抜刀した。

一礼し、和馬が抜いたのは脇差。

初めて立ち合った折に続き、左腕で受けて倒す一手を以て戦う所存なのだ。

「いざ」

「応」

短く声を掛け合うや、二人は間合いを詰めていく。

輝七郎が刀を振りかぶった。

中段から上段に変じた構えは雷刀。

真っ向への斬り下ろしを止めた瞬間、左腕の籠手が割れた。

一撃の下に鉄板を斬割した白刃が皮膚を裂くにとどまったのは、受ける際に刃筋をわずかに逸らしていたが故のこと。

斬り下ろしたままの刃筋ならば、骨まで断たれていたことだろう。

右手の脇差を振るう間も与えられぬ、速攻の一撃だった。

「くっ……」

負けじと構えながらも、和馬は呻く。

籠手の下から流れ出た血が、袖をしとどに濡らしていた。

「ほう、それでも体軸は崩さぬか」

感心した様子でつぶやきながらも、輝七郎は動きを止めない。

再び襲い来た斬撃に臆することなく、和馬は自ら近間に踏み込んでいく。

宵闇の中、金属音が響き渡る。

辛うじて止めた白刃の位置は、最初に受けた箇所から五分（約一・五センチ）と離れていない。

またしても鉄板は斬り割られ、下の皮膚まで裂いていた。

「ふむ……同じ処を狙うたつもりであったが、見誤ったわ」

事も無げに、輝七郎はつぶやく。

対する和馬の出血は夥しい。

懸命に踏み締めながらも足がふらつき、目も霞んでいるらしい。

朦朧としながらも踏みとどまる和馬の前に、すっと斉茲が割り込んだ。

「お、大殿様……」

「下がり居れ」

「さ……左様なわけには参りませぬ……」

「恥じるには及ばぬぞ、窪田」

尚も立ち向かおうとする和馬を押しとどめ、斉茲は言った。

「輝七郎殿は二人まとめてでも構わぬとまで申された、豪気な御仁ぞ。試合う相手が代わるぐらいのことで否やはあるまいよ」

励ますように告げた上で、輝七郎に向き直る。

「続いては儂がお相手いたすが、よろしいな?」

「好きにいたせ」

微笑み交じりに輝七郎は答える。

峰打ちを自在とする老君を相手取る運びとなったのを、心から喜んでいるかのようであった。

五

「和馬さん、しっかりしなせぇ」

五郎の呼びかける声で、和馬は目を覚ました。

しばしの間、気を失っていたらしい。

「す……杉田殿か……」

式台に横たえられたままの姿で、和馬はつぶやく。

「骨までやられちゃいやせんよ。ご安心なせぇまし」

安堵した様子の五郎から、和馬は己が左腕に視線を移した。

籠手を外した腕は止血されていたものの、肘から指先まで朱に染まっている。

刃を受けた瞬間はひやりと感じた皮膚が、今は熱く疼いていた。

「め……面目ない……」

詫びる口調は弱々しい。輝七郎に敗れたことにより、斉茲を代わりに戦わせざるを得なくなったのを悔いずにいられれぬ様子であった。

「お……大殿様……」

和馬は懸命に首を伸ばし、玄関先の石畳に視線を向ける。

霞む瞳に映じたのは、間合いを取って向き合う二人の姿。

不覚にも気を失っている間に、立ち合いは始まっていたらしい。

知勇兼備の斉茲も、七十を過ぎて久しい身。

若い上に体格も勝る輝七郎が相手では、苦戦を強いられているに相違ない。

「……………？」

改めて目を凝らした瞬間、和馬は奇妙なことに気付いた。

輝七郎は雷刀の構えを取ったまま、微動だにせずにいる。

頭上に振りかぶった刀は、間を置かずに斬り下ろすのが剣術の基本。倒した相手の反撃を警戒しながら死を悼む、残心を除いては有り得ぬことだ。

奇妙に感じられたのは、それだけではない。

藩士たちが用意したと思しき篝火の下で、輝七郎は汗みずくになっていた。

対する斉茲は刀を鞘に納め、自然体で立っている。

両の腕を体側に下ろし、輝七郎に向けた目は半眼。

居合を以て応じる所存と見受けられたが、それにしても輝七郎の様子がおかしい。

和馬の疑問を解いたのは、小声で告げられた五郎の一言。

「松平の殿様、あの調子でずっと釘付けにされていますぜ」

「ま……まことか？」

「出鼻に大殿様の抜き打ちを喰らったんでさ。紙一重でかわしたのはさすがでござんしたが、あの様子じゃ迂闊にゃ動けねぇでしょうよ」

「何と……」

思わず和馬は絶句した。

伯耆流に独特の気合いの発声が聞こえぬほどに意識を遠退かせていたとは、未熟の至りと言わざるを得まい。

改めて恥じ入る和馬をよそに、居並ぶ藩士たちは固唾を呑むばかり。

木戸と田辺は失神したまま、和馬と同じく式台に横たえられている。

介抱するのも忘れるほど、藩士たちは二人の立ち合いに見入っていたのだ。

「まったく、大殿様は凄えお人でさ」

藩士たちの耳目を気にしながらも、五郎は声を弾ませずにいられぬ様子。

「こいつぁ大殿様の勝ちですぜ、和馬さん」

その言葉が現実となったのは、さらに四半刻（約三〇分）ほど経った後。

「ま……参った」

振りかぶったままでいた刀を下ろし、輝七郎は頭を下げる。

礼を返す斉茲は、立ち合いの最中と変わらぬ自然体。

汗ひとつ掻いてはおらず、もとより体の軸を崩してもいなかった。

六

輝七郎が斉茲たち三人を奥の自室に呼んだのは、それから半刻（約一時間）ほど後のことだった。

待たせている間に強張りきった体をほぐし、どうにか体裁を保って話ができるようになったのだろう。立ち合いを終えた直後は刀を鞘に納めることもままならなかったのを思えば、時を要したのも無理はあるまい。

その間に和馬は藩医の治療を受け、二箇所の傷口を縫ってもらった。

晒しで包帯をする前に、こびりついた血を落としてくれたのは田辺。

木戸ともども息を吹き返した後に、一人だけ呼ばれたらしい。

『ご遠慮は無用ぞ、窪田殿』

声も態度も堅かったが惜しみなく焼酎を用い、手ずから拭いてくれたのだ。

眦を決して三人を迎え撃ち、何としても討ち取らんと躍起になっていたのが下にも置かぬ扱いに一転したのは、輝七郎に厳命されたが故のこと。

斉茲はもとより五郎も手厚く遇され、出された茶菓も極上であった。

『宇治茶に駿河屋の練り羊羹……煙草も国分の上物ですぜ、大殿様』

『うむ、たまさかには一服するのもくつろぐのう』

五郎が勧めた煙管を吹かして、斉茲は笑みを浮かべたものだ。

こちらは微塵も疲れた様子も見せず、溌溂としたままだった。

「細川のご老公とは存じ上げず、まことにご無礼をつかまつった。許されよ」

斉茲と自室で向き合うや、輝七郎は手を突いて詫びを述べた。

和馬と五郎は次の間の敷居際に控えながらも、唖然とするばかりだった。

輝七郎の態度が一変したのは斉茲と立ち合い、底知れぬ強さに感服したが故のことだけではないらしい。

傍らに平伏させられた木戸が、すべて白状するに及んでいたのである。

「これまで与り知らなんだこととは申せど、万事余の不徳のいたすところ……無辜の民にまで事が及びし件も含め、重々お詫び申し上ぐる」

「面を上げられよ、輝七郎殿」

謹厳な面持ちで頭を下げるのを押しとどめ、斉茲は穏やかに語りかけた。

「もとより衆生は欲を満たさずにいられぬものなれば、律するが至難であるのは止むを得ぬこと……したが、死せる者たちを弔うに邪心があってはなるまいぞ」

「仰せのとおりにござる」

異を唱えることなく、輝七郎は答えた。

木戸も白髪交じりの髪が乱れるのに構わず、額を畳に擦りつけている。

それを見届け、斉茲は言った。

「輝七郎殿、弟御の花嫁御寮を拝ませてもろうても構わぬかの」

「太郎次の……でござるか？」

「儂は娘を二人、幼くして死なせてしもうての……。貴藩の冥婚の儀とは趣が異なるやもしれぬが生前の姿を模し、人形を造らせておるのじゃ」

「左様にござったか……」

「おぬしと知り合うたは斯様な次第なれど、通りすがりのじじいでも構わぬと思うてくれるのならば、ひとつ拝ませてはもらえぬか」

「かたじけない。お願い申す」

輝七郎は礼を述べると立ち上がり、座敷の一角へと案内する。

白い布を掛けた台に置かれていたのは、十郎が手がけた市松人形。

箱に収めたままにせず、飾っているのは亡き弟の魂に示すためなのか。

その前に座した斉茲は、黙然と祈りを捧げる。

真摯な姿に倣うかの如く、輝七郎も合掌する。

次の間の和馬と五郎、そして木戸までもが、神妙に手を合わせていた。

合掌を解いた斉茲が向き直ると、輝七郎は重ねて頭を下げた。

「ご老公殿……衷心より御礼を申し上ぐる」

「余はなまじの技量に慢心し、大事な弟を誤って打ち殺してしもうた身にござる……その悔恨から逃れたいが故に人形に執着し、これほどの数を集めるに至ったばかりか又八に難儀を強い、十郎に悪心を起こさせ申した。木戸と田辺が罪過は許し難きものなれど、この儀に限っては余の妄執が事の起こり……お腹立ちのことと存じ上ぐるが何卒ご寛容いただきたい」

夥しい数の人形が飾られた棚を前にして懇願する、輝七郎の面持ちは先程までにも増して謹厳そのもの。

「ご安堵なされよ。もとより否やは申すまい」

恥を晒すことを厭わぬ態度に、斉茲は真摯に答えていた。

「又八と十郎が身柄、儂が引き取らせてもろうても構わぬかの」

「こちらこそ、否やはござらぬ」

ぎこちなく微笑みながら、輝七郎は言った。

「向後の冥婚は領民が各々勝手に取り寄せることを差し許し、祭事の監督のみを人形奉行に任せる形に改めとうござる。その上で、これなる人形たちは参勤明けに国許へ持ち帰り、必要とする家々に無償にて下げ渡さば、故人の魂を慰むる役に立つことと存ずるのだが……」

「それは妙案だのう。ぜひ、左様になされよ」

微笑み合う老若の二人を見下ろす、棚の人形たちの顔は穏やか。

台に飾られた太郎次の花嫁人形も、またしかりであった。

七

斉茲たちが人形町通りに着いたのは、町境の木戸が閉じられる夜四つ（午後十時）ぎりぎりのことであった。

「何とか間に合うたようだの……」

「左様にございまするな……」

斉茲ばかりか和馬まで荒い息を吐いていたのは、ずっと早足で歩き通してきたが故のことだった。

何も木戸が閉まるのを気にして、先を急いだわけではない。

折しも人形町通りでは、べったら市が終い際。

「今年は儂が奢ってつかわそう。皆、好きなだけ持って帰るがよい」

「ほんとですかい？　それじゃ遠慮なく、お言葉に甘えさせていただきやすぜ」

ほくほく顔で駆け出す五郎は芝にて身なりを改め、脱いだ捕物装束は帰りの途中で北町奉行所に戻した後だった。

「おい、五本がとこ括ってくれるかい」

「へい、ちょうどごぜぇます」

商うべったら漬けはすべて菊弥の郷里の村から運ばれてきたものであり、売り子も同行した村人たちが務めてくれていた。

中でも張り切っていたのが、福々堂の前に陣取った団三。

長男の左吉に無理やり手伝わせ、盛んに声を張り上げていた。

「残り物には福がござる！　寄って参られい、見て参られい!!」

「あと三本でお終いだよ。早いもん勝ちだよー」

今宵は庚申待ち（こうしんま）と同様に、夜通し眠らずに過ごすのがこの界隈の習いである。

幾ら声を上げても近所迷惑にはならぬとあって、他の露店でも最後の一本まで売り切らんと熱を入れている。

人形町通りの名物である市を盛り上げるべく励んでくれた恩に報いるべく、界隈の女房連中は夜食の支度に勤（いそ）しんでいた。

「あっ、窪田様！」

和馬が斉茲と共に歩いているところに、前掛け姿のおしのが走り寄ってきた。

「まぁ、お怪我をなすったんですか？」

「大したことはござらぬ」

さりげなく左手を隠した上で、和馬は微笑む。

「それよりも、皆に引き合わせたい者が居るのだがな」

「えっ？」

「ははは、この者たちじゃよ」

きょとんとしているおしのの前に、斉茲が押し出したのは又八と十郎。

「すまねぇな、何も言わずに居なくなっちまって……」

照れ臭そうにつぶやく又八の傍らで、十郎は黙ったままでいる。

かつて無慈悲に捨てたおぶんは、おしのの幼馴染みだからだ。

なじられると思いきや、語りかける口調は穏やかであった。

「……おぶんちゃんから聞きましたよ、十郎さん」

「……どうせ恨み言だろうよ」

「そう思うんなら、行ってみてくださいな」

促す素振りも、押しつけがましいものではない。

いつもの勝気さは鳴りを潜め、真摯に語りかけていた。

「十郎さん、謝る気になってくれたんでしょう？」

「そんなこと、どうしてお前さんに分かるんだい」

「だってお顔がすっきりしていなさるもの。昔と違って、憑き物が落ちたみたい」

「憑き物、かい……ははっ、そういうことかもしれねぇなぁ」

得心した様子で、十郎はつぶやく。

「善は急げと申すであろう。さ、早う行って参れ」

「へいっ」

斉茲に思い切り尻を叩かれ、弾かれたように十郎は走り出す。

「恩に着やすぜ、大殿様……」

「苦しゅうない。それよりも、べったら漬けで一献と洒落込もうぞ」

涙ながらに礼を述べる又八に微笑みかける、斉茲の顔は晴れやか。

傍らで見守る和馬も傷の痛みを忘れ、頬を綻ばせていた。

八

それから何事もなく時は経ち、酉の市の賑わいも去った江戸は師走を迎えていた。

「屋根船の乗り心地ってのは乙なもんでございやすねぇ、大殿様」

「ははは、まことだのう」

当初は面倒臭がっていた五郎が喜んで向島への同行を志願したのは、行き来をするのに屋根付きの船を仕立てると聞かされた後のこと。

猪牙（ちょき）ならば安くて速いが水しぶきを浴びせられる上、風も容赦なく吹き付ける。

その点、屋根船はのんびり波に揺られつつ、昼酒も楽しめて申し分ない。

「杉田の旦那、これでおつもりにしましょうね」

「おいおい、もうちっと注いでくれよ」

酌をさせられた菊弥はいい迷惑だが、五郎はすっかり出来上がっていた。

「あー、いい心持ちだぜぇ」

「まったく、困った旦那ですよう」

膝枕で寝てしまった五郎をそっと下ろし、菊弥は和馬ににじり寄る。

「和馬さん、まだ痛むんですか？」

「いや、ちと慣らしておるだけだ」

川面に浸していた左手を持ち上げて、和馬は微笑む。

糸を抜いた傷はきれいに塞がり、もはや痕（あと）も目立たなかったが、以前と違って皮膚の感触が少々鈍い。

刀を振るう際に軸となる左手は、武士にとって大事なものだ。

もとより輝七郎を恨むつもりはなく、尋常な勝負の結果だけに甘んじて受け入れる所存であったが、回復しないままでは困る。

「湯に入った折によく動かさば、治りも早いと医者が言うておったのでな……ならば川の流れも効くと思うたのだ」

「そんなに濡らしていたら風邪を引いちまいますよ。おしのちゃんじゃなくてすみませんけど、代わりに揉んであげましょうか」

「かたじけない」

厚意を有難く受け入れて、和馬はしばし軸手を菊弥に委ねる。

慣れた腰つきで三助が漕ぐ船は、折しも両国橋の下を抜けたところ。

斉兹に和馬と五郎、菊弥に船頭役の三助も加わった道行きの目的は、木戸が構えた寮に隠されたままの人形を、すべて持ち帰ることであった。

しばらく間を空けたのは、手塩にかけた人形を盗まれてしまった甚六たちの記憶が薄れるのを待っていたが故のこと。

できれば年が明けるまでほとぼりを冷ましたいところだったが、改心した木戸は寮を処分し、代金は反省の証しとして藩庫に返納したいと輝七郎に申し出たため、これ以上は引き延ばせない。そこで五郎が市中見廻りの御用絡みでたまたま見つけたことにして、年の瀬に返す運びとしたのである。

　吾妻橋を通過した屋根船が、東の岸に寄っていく。

　大川堤下の船着き場で降りた一行は土手を越え、筑波おろしの吹きつける中を急ぎ足で進み行く。ゆっくり歩いていては、寒さが耐え難いからだ。

「おーい、もうちっとのんびり行かねぇか」

「これっ、年寄りより遅う歩いて何とするのじゃ」

　酔いが回ってふらつく五郎をどやしつける、斉茲の歩みは軽やか。

　あれから又八と十郎は人形町通りに居着き、浄瑠璃人形の細工に勤しんでいた。

　冥婚に供する人形造りを通じて培われた腕を振るい、市松人形を専らとすれば儲けも大きいはずだったが、敢えて昔の仕事に戻ったのである。

　界隈の人々との付き合い、特に多吉とおぶんとの仲が旧に復するまでには、しばしの時がかかることだろう。いましばらくは干渉せず、見守るのみに努めたい。

　そんなことを想いながら、闊達に歩みを進める斉茲だった。

　寮に着いた一行は納戸の人形を運び出すついでに、十郎がそのままにしていた仕事場の片付けも済ませていくことにした。

率先して取り組んだのは斉茲である。

「道具類は儂がまとめる故、そのほうらは床を掃くのじゃ」

「ははっ」

「お任せを」

箒を手にした和馬と三助が勤しむのをよそに、五郎は邪魔をしてばかり。

「いやー、改めて見ると大した数だぜ……」

「旦那旦那、口より手を動かしてくださいましね」

酔いが醒めた五郎を窘めつつ、菊弥は抱き取った人形を箱に戻していく。

あらかじめ寮に運んでおいた空の箱は、福々堂の土蔵に在ったもの。

喜平とおそめ、おしのの三人にだけは口止めをした上で事実を明かしてある。

十郎を罪に問うことは容易いが、それでは又八が報われない。

甚六ら他の人形師たちにしても、後味が悪い思いをするだけだ。

ならば罪を憎んで人を憎まず、立ち直りを期して不問に付すべし。

斉茲はそう言って三人を直々に説得し、了解を取り付けたのだった。

どうにか日暮れ前には箱詰めが終わり、仕事場を含めた屋内の掃除も済んだ。

最後の仕上げは風呂敷にまとめて包み、船着き場まで運ぶこと。

「だらしがないのう、これしきでふらついて何とするのじゃ」

「も、申し訳ありませぬ」

先を行く斉茲に急かされながら、汗を掻き掻き和馬は歩みを進める。

五郎と三助はもとより、菊弥も進んで大風呂敷を背負っていた。

「お前さん、細えくせに力はあるんだよなぁ」

「まことだな。さすがは野良仕事で鍛えただけのことはある……」

「おほほ、甘く見ないでくださいましね」

からかう二人に腹を立てることもなく、菊弥はおどけて見せる。

「来年は弾みをつけて、もっといい役を狙いますよ」

「うむ、さすれば団三殿も喜ぶであろう」

頷きながら、和馬は大きな荷物を背負い直す。

行く手に大川堤が見えてきた。

今は葉まで余さず散った桜並木も、やがて芽吹いて花開く。

各々が一皮むけた、彼らについても言えることだ。

（皆、今年も大儀であったのう……）

若い者たちに幸多かれと願いつつ、笑顔で見守る斉茲であった。

終章　師走（しわす）の或る日

一

十二月も半ばを過ぎた。

冷たさに耐え兼ねて、斉茲は足の裏をふくらはぎに擦り（こす）付ける。

「今日も冷えるのう……」

冬場の稽古は、屋内であってもキツい。

床板が凍り付いたかの如き有様となる、朝夕はとりわけ厳しい。

防具を着けて竹刀で打ち合う撃剣ならば自ずと足の裏は擦れ、体も温まってくる。

同じ技の形（かた）を丹念に繰り返し、頭と体に等しく覚え込ませることを旨とする、剣術と居合はそうはいかない。

斉茲が屋敷内に構える道場に独り立ち、取り組んでいたのは居合の形稽古（かた）。

「エイ」

「ハッ」

伯耆流に独特の気合いを発しながら刀を振るい、鞘に納めては抜き付ける。

松平輝七郎との立ち合いを制した斉茲の胆力は、この地道な稽古によって培われた部分が大きい。

常に相手が目の前に居ることを仮想しながら形稽古を繰り返す一方、実際に相手を立ててぶつかり合い、勝負における間合いを知る。

少年の頃から積み重ねてきた鍛錬は、七十を過ぎて久しい体を壮健に保つことにも役立っていた。

斉茲は積気（しゃっき）という病を抱えている。

みぞおちを走る激痛は、この床の冷たさにも増して耐え難い。

もしも輝七郎と向き合っている最中に、あの痛みが走っていたならば勝利は得られなかったことだろう。

居合の稽古を積むことは、呼吸を規則正しくする役にも立つ。

怠ったままで成長していたら、斉茲はこの年まで生きられなかったかもしれない。

なればこそ齢を重ねた今も毎日、欠かすことなく続けている。

このところ、斉茲は独りで稽古をする折が多かった。

和馬に無理を強いるのが心苦しく、早めに切り上げさせるからだ。

二箇所に傷を受けた左腕は、治り具合が思わしくないらしい。

傷口そのものはきれいに塞がったものの皮膚の感覚が鈍くなり、更には指先の動きにまで影響が出ている様子であった。

できる療治は丹念に揉んで温め、血の巡りを良くすることぐらいである。

もとより根気の有る和馬だけに日々欠かさず揉みほぐす一方、稽古ばかりか福々堂の手伝いにも休まずに取り組んでいた。

感心なことだが、無理は良くない。

故に斉茲は自分が疲れたことにして二人で取り組む稽古を早めに切り上げ、和馬が居ない時間に独り、黙々と勤しんでいたのである。

和馬は今頃、福々堂の板場であんこを炊いているはず。

(窪田の錬るあんは確かに美味い……したが、向後は程々にさせねばなるまいの)

凍えた足の裏をふくらはぎで温めつつ、斉茲は胸の内でつぶやく。

人形町通りの名物のひとつとなって久しいほそかわ巻きは、斉茲が製法を考えた上で命名したもの。

和馬を福々堂に寄越すようになったのは、もしも手抜きの菓子を作られては家名に障るというのが理由だったが、左様なことをされるとは毛ほども思っていない。

あの通りの住人たちは皆、己が生業に真摯に取り組んでいる。

皆を束ねる立場の喜平が営む福々堂は、中でも勤勉な店であった。

なればこそ好もしく、この下屋敷を隠居所と定める以前から通っていたのだ。

あの一家は、腕こそ立つものの生来武骨であり、斉茲が側仕えに取り立てるまで熊本城下から出たこともなかった和馬を世間に、ひいては江戸に慣れさせる上でも、大いに役に立ってくれた。

義理堅い喜平がきちんと寄越す手間賃は和馬の生計の糧となっており、下屋敷詰めの家臣にまで満足な禄を給してやれない藩の財政を補うのにも、ささやかながら貢献してくれている。

すぐに控えさせるわけにもいくまいが、何より大事なのは和馬の体。

(戻り来たらば早々に話をいたそうぞ……)

そう決めた途端、すっと胸が軽くなる。

袴の裾を払って座り、斉茲は再び形稽古を始めた。

「エイ」

鞘を引いて抜き付けた刀を振りかぶり、気合いと共に斬り下ろす。

血振りをして再び鞘を引き、残心を示しながら鞘に納める。

技を行じている間は、余計なことは考えない。

独り重ねる稽古の時が、粛々と過ぎていった。

二

稽古を終えた斉茲は道場の床を拭き、刀の手入れと着替えを済ませた。

廊下を渡り、縁側に面した居室に戻る。

「ううむ、冷えるのは何処も同じか……」

ひとりごちつつ斉茲は火鉢の前に座し、埋火を熾す。

五徳に置かれた鉄瓶には、女中が水を満たしておいてくれていた。

沸くのを独り待ちつつ、斉茲は手のひらを火鉢にかざす。

庭から吹き込む風が心地よかった季節は疾うに過ぎ去り、縁側で写生に勤しむ習慣も絶えて久しい。芽吹きの時期を迎えるまで、しばらくはお預けだ。

火鉢の側は暖かい。

眠気を誘われた斉茲は、畳の上に横たわる。

暖かさに浸っているうちに、いつしか寝息を立てていた。


斉茲は光の射す小径を歩いていた。

全体が淡い光に包まれた、この世とは思えぬ場所である。

（ははぁ、これは夢だな）

すぐに気付いてしまうのは、年の功の成せる業。

初めて見る類の夢であったが、何も怖いことはない。

病を抱える身を労わりながら日々を重ね、斉茲はいつお迎えが来てもおかしくない年まで生き長らえた。

分家から細川の本家へ養子に入り、五十四万石の藩主にふさわしい政を全うできたかどうかは己自身では判じかねるし、自画自賛など以ての外だ。

それでも先人に倣って政務に勤しむ傍ら、剣と共に天与の才に恵まれた書画骨董を幕閣や諸大名家との駆け引きに活かすべく自ら筆を執る一方、谷文晁ら名の有る絵師に領内外の名所を描かせた絵巻を以て、熊本藩の存在を知らしめてきた。

後の世で名君とは呼ばれぬまでも、つつがなく責務を果たした大名家の当主の一人とは見なされよう。

楽隠居を決め込んで、昼日中からまどろんだところで罰は当たるまい。

自ずと弾む足取りで、斉茲は進み行く。

（とうさま）

（とうちゃま）

呼びかける声が聞こえてくる。

いずれもあどけない、幼子の声だった。

（融と耇……なのか？）

（はい）

（そだよ）

答える声も愛らしい。

命日が近い末娘の耇だけではなく、融まで夢枕に立ってくれるとは喜ばしい。

（そなたたち、まだ生まれ変わってはおらなんだか）

（うまれかわりって、なーに）

意味こそ分からぬまでも喋りがしっかりしているのは、文政九年（一八二六）の暮れに四歳で逝った六女の肴に相違ない。

いま一人が五女の融なのだろうが、それにしては妙だった。

文化十年（一八一三）の七月に没した融は、半年足らずしか生きてはいない。言葉にならない喃語しか、口にしてはいなかったはずだ。

死者の魂は現世にとどまる場合、亡くなった折の年のままであるという。姉であっても亡くなったのが早い以上、融のほうが幼いのは合点がいくが、そうだとしても言葉がはっきりしすぎている。

（儂をとうちゃまと呼んだのは、誰じゃ）

（わたちだよ）

（まことにそなたが融なのだな）

（………）

答える声が、突如として聞こえなくなった。

代わりに耳に届いたのは、微かな泣き声。

（えーん）

（ひっく、ひっく）

どうやら二人して泣き出したらしい。

（そなたたち、なぜ泣くか）
（……とうちゃま、きらい）
（ひどいね。こどもをうたがうなんて）
（ま、待て）
幼子たちのむくれた声が返ってきた途端、斉茲は慌てて駆け出した。
ところが足は進まない。
先程までとは一転し、鉛の沓を履かされたかのように重かった。
（融……者っ……）
倒れながらも懸命に、斉茲はもがく。
気付いたときには畳に仰向けになり、しとどに汗を掻いていた。
「大殿様、大殿様、何となされましたのか」
傍らに寄り添い、呼びかけていたのは和馬。
こちらを覗き込む濃い顔は、見紛うことなき忠義の士のものだった。
「大事ない……ちと眠っておっただけじゃ」
照れ隠しに憮然と告げつつ、斉茲は体を起こす。
ふと見ると、和馬は大きな風呂敷包みを持参していた。過日に向島から運ばせた荷

より は小さいものの、六尺豊かな和馬の巨軀でも隠しきれてはいない。

「窪田、それは何じゃ」

「お気付きになられましたか」

いささか残念そうに和馬は言った。

「後程ご披露申し上げるつもりでおったのですが……どうぞ、ご覧くださいませ」

解いた包みの中から出てきたのは、大ぶりの箱が二つ。

「姫君様がたが同い年になられたお姿にて、多吉が造りし御人形にございます！」

満を持して蓋を開いた和馬をよそに、斉茲は絶句する。

融はぽっちゃりしていた赤子の面影を残して福々しく、者はやや細身となっているものの、身の丈はまったく変わらない。幼めの雰囲気に造られたぶんだけ、融はやや言葉がたどたどしかったのだと見なせば、辻褄は合うと言えよう。

「許せよ、融……」

「何と仰せになられましたのか、大殿様？」

「いや、早々に飾るといたそう」

サッと抱き上げた人形たちを違い棚に座らせ、斉茲は手を合わせる。

今年も残すところ半月を切った、冬晴れの日の出来事であった。

二見時代小説文庫

浜町様 捕物帳２ 生き人形

著者 牧 秀彦

発行所 株式会社 二見書房
東京都千代田区三崎町二－一八－一一
電話 〇三－三五一五－二三一一［営業］
〇三－三五一五－二三一三［編集］
振替 〇〇一七〇－四－二六三九

印刷 株式会社 堀内印刷所
製本 株式会社 村上製本所

落丁・乱丁本はお取り替えいたします。
定価は、カバーに表示してあります。

ISBN978－4－576－17177－7
http://www.futami.co.jp/

喜安幸夫

隠居右善 江戸を走る シリーズ

人の役に立ちたいと隠居後、女鍼師に弟子入りした児島右善。悪を許せぬ元隠密廻り同心、正義の隠居！ 以下続刊

①つけ狙う女
②妖かしの娘
③騒ぎ屋始末
④女鍼師 竜尾

見倒屋鬼助事件控 完結

①朱鞘(あかさや)の大刀
②隠れ岡っ引
③濡れ衣晴らし
④百日髷(まげ)の剣客
⑤冴える木刀
⑥身代喰逃(しんだいくいに)げ屋

はぐれ同心 闇裁き 完結

①はぐれ同心 闇裁き 龍之助江戸草紙
②隠れ刃
③因果の棺桶
④老中の迷走
⑤斬り込み
⑥槍突き無宿
⑦口封じ
⑧強請(ゆすり)の代償
⑨追われ者
⑩さむらい博徒
⑪許せぬ所業
⑫最後の戦い

二見時代小説文庫